Tierra trágica

ERSKINE CALDWELL

TIERRA TRÁGICA

Traducción y prólogo de José Luis Piquero

Reencuentros
NAVONA

Título original
Tragic Ground (1944)

Edición española
Primera edición: octubre de 2011
© de esta edición: Navona editorial
Aragón, 259, 08007 Barcelona
info@navonaed.com
© de la traducción y del prólogo: José Luis Piquero

Diseño de la cubierta: Eduard Serra

Fotocomposición: Víctor Igual, S. L.
Aragón, 390, 08013 Barcelona
Impresión: Gráficas 94, S. L.
Polígono Can Casablancas,
calle Garrotxa, nave 5
08192 Sant Quirze del Vallès

Depósito legal: B-29.476-2011
ISBN: 978-84-92840-28-1

Índice

CANCIÓN TRISTE DE POBRE CHICO

Otra vez Caldwell. La reedición por parte de Navona de sus obras más importantes (*El camino del tabaco, La parcela de Dios, Tumulto en julio*, etc.) ha devuelto al autor norteamericano, cuyos libros eran relativamente inencontrables en España, a primera línea de nuestra actualidad editorial, un puesto que en su país no había abandonado nunca. Y le llega ahora el turno a otra de sus grandes novelas, comparable a las ya mencionadas: *Tierra trágica*, escrita en 1944, entre *Un muchacho de Georgia* y *La casa de la colina*, también publicadas por Navona. Nuevamente encontramos aquí el escenario habitual de Caldwell: el sur profundo y miserable, enfermo de racismo y de atraso secular. Pero en esta ocasión, Caldwell ha trasladado a sus personajes a un contexto urbano, los arrabales de una ciudad portuaria, un barrio degradado, poblado por emigrantes, que ya desde su mismo nombre, Pobre Chico, se erige en elocuente ejemplo de flagrante anomalía social o, como diría la ingenua y bienintencionada señorita Saunders, a quien conoceremos más adelante, una muestra «de la mala adaptación a los complejos patrones de la vida moderna».

La propia familia protagonista, los Douthit, constituye el prototipo de todo cuanto hace de Pobre Chico un lugar socialmente insalubre: un padre holgazán, una madre alcohólica y avinagrada, una hija violada por un vecino y dedicada luego a la prostitución... Basura blanca. En tales circunstancias, todo sentido moral se pervierte y diluye hasta convertirse en caricatura:

9

cuando Spence se entera de que su hija de trece años no sólo se ha escapado de casa sino que trabaja en un burdel, su único comentario, lleno de «legítimo» orgullo, es: «Bueno, eso demuestra que sale a su padre: cuando yo me propongo algo, también lo hago a conciencia».

Todo en Pobre Chico tiene ese aspecto caricaturesco, de grotesca deformación: Spence encuentra a su otra hija en la cama con su novio y sólo se le ocurre sentarse a charlar jovialmente con él; su amigo Floyd se queja de tener ya diez hijos y comenta: «Desearía que hubiera un modo de que mi vieja parase durante una temporada». Por cierto, las recetas de Floyd para acabar con la miseria del barrio van desde ahogar a sus diez hijas en el canal hasta quemar una a una todas las casas del poblado, con sus moradores dentro.

En ese ambiente de corrupción y relativismo moral irrumpirán dos mujeres que, a su modo, constituyen un reverso estrambótico: la señora Jouett y la señorita Saunders, trabajadoras sociales. La primera representa al reformador inclemente, despiadado, que más que prestar socorro lo impone por medio de la fría maquinaria funcionarial. Para ella es incomprensible que una familia hundida en la miseria no se preocupe de mantener su patio libre de latas y cascos de botella («¿Es que la gente de esta vecindad no hace nada por sentirse orgullosa de su entorno?»). Por su parte, la señorita Saunders llega a Pobre Chico infatuada de ingenuo idealismo, repitiendo con candidez las fórmulas aprendidas en la Escuela de Trabajo Social, confiando en que ateniéndose a las normas no hay problema que no tenga solución. Lógicamente, no tardará en estrellarse de frente con la cruda realidad, encarnada en ese Spence Douthit que nada tiene que envidiar a otros «gloriosos» personajes caldwellianos, como el padre golfo y tarambana de *Un muchacho de Georgia* o el corrupto Semon Day, de *El Predicador*.

Y es que, ante cualquier elección o disyuntiva, Spence Douthit nunca falla: siempre escogerá la peor opción, sea jugarse a los dados el dinero de la mudanza (y perder) o fraguar un matrimonio de conveniencia para su hija adolescente como «genial» solución a los problemas familiares. No es que las intenciones de Spence sean malas (su indignación ante la historia de abusos de Florabelle parece legítima, aunque él mismo trate luego de acostarse con la pequeña Jessica) sino que, como él mismo afirma, «cuando mis defectos me agarran, de algún modo no tengo cuajo para luchar contra ellos». No menos «monstruosa» (de esa monstruosidad pequeña y doméstica propia de algunas almas simples) resulta su esposa Maud, una verdadera arpía con un inacabable catálogo de insultos siempre en la punta de la lengua. Finalmente, sólo dos personajes parecen mostrar algo de rectitud y sentido común: Libby y Jim Howard, los únicos que no se han dejado contagiar por el ambiente de degradación y podredumbre de ese «agujero de ratas» que es Pobre Chico.

Hay mucho humor en *Tierra trágica*. Para empezar, casi cada parlamento de Spence constituye un hito de hilaridad. Pero no nos engañemos: como en todas las novelas de Caldwell, bajo ese tono de comicidad y ligereza encontramos un pozo de profunda amargura y una enérgica denuncia de la injusticia y el Mal, los encarnen quienes los encarnen: las instituciones públicas y su indeferencia hacia los más desfavorecidos o un proxeneta de perpetua sonrisa que seduce a muchachas púberes para entregarlas al burdel. Esta es una novela de humor y, además, una novela muy triste.

Casi setenta años después de la publicación de *Tierra trágica*, siguen existiendo Pobre Chicos. Y no sólo en el tercer mundo sino también en el extrarradio de nuestras ciudades, un vergonzante recordatorio de que algunas cosas, por desgracia, no cambian nunca. Aún quedan, pues, muchos Spence Douthits, muchas Mavis y muchas señoras Jouett. Por eso la novela que el lector tiene en sus manos resulta dolorosamente vigente, de plena actualidad, en su temática y en su tratamiento. Los grandes escritores, como sin duda lo era Erskine Caldwell, nunca pasan de moda.

José Luis Piquero
Islantilla, junio de 2011

TIERRA TRÁGICA

Capítulo 1

Spence Douthit se había pasado todo el día intentando comprar a crédito en alguna parte una botella del tónico estomacal favorito de Maud. La calurosa tarde de agosto declinaba cuando regresó a Pobre Chico y, mientras recorría cansinamente el canal portuario, ya a la vista del *bungalow* agrisado por el tiempo, con el oxidado tejado de hojalata, se sorprendió al oír música que salía de su casa.

Había ido a todas las farmacias, tiendas y bazares chinos que pudo encontrar en el barrio sur, pero aunque la mayoría de los dueños tenían un abundante suministro de tónico, cuando descubrían que no llevaba dinero en el bolsillo todos meneaban firmemente la cabeza y volvían a poner la botella en el estante. Cuando al fin se dio por vencido y emprendió el regreso a casa, se sintió exhausto y desanimado. Hubo un tiempo en que no se habría molestado en pararse a comerciar con un chino, y ahora los chinos no se paraban a comerciar con él.

Deteniéndose y volviendo la cabeza hacia un lado, como un perro que levanta las orejas ante un sonido familiar, Spence escuchó esperanzado la vibrante música de baile. Era el tipo de música que le gustaba a Libby y que era fácil encontrar en la radio a cualquier hora del día o de la noche.

Cuando se hubo convencido de que la música no provenía de ninguna de las casas vecinas, sacó las manos de los bolsillos y apresuró el paso, mientras su sonrisa vacilante se convertía en una sonrisa de oreja a oreja.

—¡Es ella, seguro! —se dijo en voz alta—. ¡Es Libby!

Tras atajar a través del patio delantero de Chet Mitchell por primera vez desde su última pelea, Spence subió los escalones de dos en dos y abrió de golpe la puerta mosquitera. Cuando irrumpió en la casa, jadeando y sin aliento, su mujer se incorporó expectante en el camastro, apoyándose sobre los codos, y le contempló mientras cruzaba la estancia. Al llegar al rincón en que yacía, Maud le miró implorante. Sus ojos marrones parecían inusualmente grandes y redondos y tenía la piel encendida y febril. El ligero camisón de rayón, la única prenda que había usado aquel verano y que había costado noventa y ocho centavos cuando era de un rosa subido, se le deslizó sobre los pechos. Los tirantes se habían roto tantas veces que había renunciado a remendarlos.

—Libby está en casa, ¿verdad? —dijo Spence, excitado, volviéndose y mirando a su alrededor—. Oí la radio funcionando cuando bajaba la calle por el canal. ¡Supe inmediatamente que era Libby! ¡Es la música que le gusta! —se apartó del camastro como si fuera a buscarla—. ¿Dónde está, Maud?

Maud aferró su brazo desesperadamente antes de que pudiera alejarse. Sus afiladas uñas se clavaron dolorosamente en la carne y cuando él trató de librarse ella lo apretó más fuerte que antes. Mientras le atraía hacia el camastro, Spence volvió la vista hacia la puerta cerrada del otro dormitorio, preguntándose por qué Libby la habría cerrado en un día tan caluroso. Normalmente, cuando la mayor de sus dos hijas venía a casa de visita, lo que solía ocurrir una vez por semana, se quitaba la ropa, como la mujer de Chet Mitchell, Myrt, y se pasaba las horas de calor durmiendo. Luego, cuando refrescaba lo bastante como para vestirse, se levantaba y oía la radio durante varias horas. Esta era la primera vez que cerraba la puerta y se quedaba en la cama hasta tan tarde.

Maud le tiró muy fuerte del brazo.

—¿Me has traído lo del doctor Munday, Spence? —preguntó débilmente, su voz casi apagada por el estruendo de la música que emitía la radio.

Spence se revolvió nervioso. Quería encontrar a Libby cuanto antes, pero, al notar la expresión desesperada en el rostro de Maud, se dio cuenta de que tendría que esperar a explicarle por qué había fracasado en su intento de conseguirle una botella de tónico. Se sentó en el borde del camastro mordiéndose la punta de la lengua. Al cabo de un momento, sintió que el apretón en su brazo se aflojaba. Volviendo la cabeza, contempló a Maud mientras esta se recorría el pecho con los dedos distraídamente en busca del camisón, y se preguntó porque se molestaba en ponérselo, puesto que los tirantes no servían y el camisón siempre se le bajaba y acababa perdiéndolo. La última vez que lo había perdido se pasaron casi dos días buscándolo antes de que apareciera bajo el fogón de la cocina.

—Has ido y has vuelto con las manos vacías —dijo ella acusadoramente—. No me has traído lo del doctor Munday.

—No te sulfures antes de que te explique los malos ratos que he pasado, Maud —dijo él rápidamente.

Maud se recostó en el camastro, dejando caer pesadamente la cabeza sobre la almohada. Permaneció allí respirando de forma irregular mientras él rumiaba lo que podría contarle. Lo lamentaba por ella, porque sabía lo decepcionada que estaba, pero no se le ocurría nada que decir que pudiera sustituir el tónico. Le puso una mano en el hombro y la acarició con ternura. Maud abrió los ojos, sorprendida ante aquella inesperada solicitud.

—Creo que he visitado hasta la última tienda que he podido encontrar en todo el barrio sur —dijo con toda seriedad, tratando de que su voz sonara a disculpa y deseando que el hecho de haberse esforzado tanto en conseguir la botella pudiera depararle algún consuelo—. Maldita sea, no he podido encontrar a nadie, ni siquiera un chino, que me fiara una cosita insignificante como esa. Es para descorazonarse que ni siquiera un chino te dé algo de crédito.

Ella le cogió la mano y la arrojó de sí como si esperase poder estamparla contra la pared del otro extremo del cuarto.

—A estas alturas, debería tener suficiente sentido común como para no esperar de ti que encontraras un medio de conseguirme una cosa de nada que necesito tanto como el tónico — dijo con resignación, sin aliento y completamente exhausta al terminar de hablar.

Spence recogió algunos hilos sueltos de la colcha mientras ella cerraba los ojos con desamparo.

—Maud, lo sepas o no, la gente de esta parte del mundo no es como la gente de allí de casa —dijo, inclinándose hacia ella—. Por supuesto, nadie en su sano juicio esperaría que los mexicanos o los chinos fueran algo distintos de como son, porque al ser extranjeros no tienen más seso, pero hasta los negros de aquí son quisquillosos, y los blancos no son la clase de seres humanos de los que uno iría presumiendo. No son como nuestra gente y no hay forma de hacerse a ellos. Allá arriba en Beaseley County había cantidad de veces que los tenderos discutían y alborotaban con lo que teníamos apuntado en la cuenta, pero que me aspen si al final no acababan reculando y nos dejaban llevarnos lo que necesitábamos, fuera como fuera. Y, por supuesto, a la siguiente vez nos enzarzábamos para que me volviesen a fiar y la discusión empezaba de nuevo donde se había quedado, pero siempre acababan por dejar que me llevase lo que quería tal como me había propuesto desde el principio. Los tenderos de aquí abajo, en cambio, ni siquiera te dejan empezar a discutir. Y los chinos, que uno pensaría que se morirían de

gusto por hacer negocios con un tipo como yo, se ponen a farfu-
llar como cuervos en esa jerigonza suya, como si no supieran
hablar el idioma que habla todo el mundo. En momentos así
pienso que ojalá nunca hubiese caído en esta parte del mundo.
Creo que no he nacido para estar más lejos de casa de lo que
alcanza la voz.

Maud suspiró aburrida y se tumbó de lado, apretando su del-
gado rostro contra la pared. Hacía casi una semana desde la última vez que había sentido el sabor del tónico en la boca y casi
el mismo tiempo que no se ponía en pie ni andaba por la casa.
La primera vez que cayó enferma con fiebre y escalofríos, el
dependiente de una farmacia le había vendido un bote de píldo-
ras rojas que prometió que la curarían. Se tomó todas las píldo-
ras del bote, pero al final de la semana no estaba mejor de lo que
estaba antes de tomárselas, así que empezó a administrarse el
tónico. Desde principios de primavera, cuando la fiebre con escalofríos comenzó, había tomado lo del doctor Munday cada vez
que había podido conseguir una botella. El tónico no le había
servido para curarse la fiebre con escalofríos, pero, no obstante,
al poco rato de haberse bebido un cuarto de botella, o más,
siempre se sentía tan bien como jamás se había sentido en la
vida; y la sensación, que generalmente se prolongaba unas tres
o cuatro horas, era uno de los pocos placeres en la vida que
podía permitirse. La única cosa que le gustaba más era beberse
toda una botella de una vez, pero su coste era prohibitivo. Paga-
ban sesenta y nueve céntimos por la botella de a dólar en las
farmacias de descuento.

—Maud, he hecho cuanto he podido —dijo Spence, conso-
lándola. Le puso la mano en el pecho y acarició la piel febril—.
Quizá mañana se me ocurra una manera de conseguirte una
botella.

Maud no dijo nada. Con el codo apartó su mano de un golpe

y se cubrió el cuerpo con la colcha húmeda. El camastro empezó a temblar mientras los escalofríos la agitaban violentamente. Spence se puso en pie.

La música que llegaba del cuarto de al lado cesó de golpe con un gemido alto y penetrante, y Spence corrió hacia la puerta. Se inclinó, pegó el oído a la rendija y escuchó. En el cuarto no se oían ruidos de ninguna clase y empezó a preguntarse si no se habría engañado al pensar que Libby había venido de visita. Pensándolo bien, se dijo que Maud no había dicho una palabra de que Libby estuviera allí; es más, Maud podría haber encendido la radio ella misma. La música comenzó de nuevo y Spence, con otra melodía de baile llenando sus oídos, abrió la puerta y entró.

Los postigos estaban cerrados y al principio sólo puedo ver los contornos en sombra del cuarto. Avanzó unos pasos y se detuvo.

—¿Libby? —llamó con aprensión.

Contuvo el aliento mientras esperaba a que contestase.

—¡Libby! —llamó de nuevo.

En ese momento se dio cuenta de que ni siquiera escuchaba el sonido de su propia voz por encima de la música que emitía la radio. Se aproximó a la ventana más cercana y abrió el postigo.

—¡Libby! Qué demonios... —dijo, buscando la radio.

Sin quitar los ojos de ella, encontró el botón y apagó la música.

—¿Qué está pasando, Libby? —preguntó lentamente.

Se acercó a los pies de la cama.

—¡Papá! ¡Sal de aquí! —dijo ella con enfado cuando se dio cuenta de que él estaba en el cuarto—. ¡Sal de aquí, papá!

La boca de Spence se abrió mientras la contemplaba. Estaba en la cama con un hombre que tenía una larga cicatriz púrpura en el hombro, como una herida de bayoneta. Cuando Spence se inclinó sobre la cama y le miró, se sorprendió al comprobar que la cara del hombre le resultaba familiar. Aparentaba unos veinticinco años, o al menos unos cuantos años más que Libby, que tenía veinte, y tenía hombros fuertes y musculosos y un rostro amplio y bronceado. La piel purpúrea sobre la herida era fina y transparente, como si hubiera acabado de cicatrizar hacía poco. Alzó la vista mirando a Spence y sonrió amistosamente. Spence le devolvió la mirada con vacilación. No sabía si sonreírle o fruncir el ceño. Era la primera vez que encontraba a Libby en la cama con un hombre. Se mordió la punta de la lengua, pensando qué decir.

—¡Papá, por favor, vete de aquí! —dijo Libby, inquieta.

Desde los pies de la cama, Spence se inclinó y escrutó el rostro sonriente del muchacho.

—¡Si eres Jim Howard Vance! —gritó Spence con jovialidad. En dos zancadas bordeó la cama—. ¡Que me aspen si no eres tú! ¿De dónde demonios sales, Jim, muchacho?

Palmeó varias veces la espalda de Jim Howard y luego le agarró del espeso y áspero pelo negro. Le sacudió la cabeza jugando.

—¿Qué haces por aquí, Jim, muchacho? —preguntó, excitado.

—¡Papá! —dijo Libby bruscamente. Se apoyó sobre Jim Howard y trató de empujar fuera a Spence. Este no le prestó ninguna atención—. ¡Papá, sal de aquí como te dije! —gritó ella con desesperación, golpeándole con los puños—. ¡Vamos, vete!

—¿No es increíble, dar contigo aquí de esta manera, Jim, muchacho? —dijo Spence, ignorando a Libby y sacudiendo a Jim Howard por el pelo—. No te veía desde que te llamaron a filas justo antes de irnos de Beaseley County. No sabía qué había sido de ti.

—¡Papá! —dijo Libby, enfurecida—. ¡Sal de aquí!

—¿Por qué? —preguntó Spence alzando el codo para protegerse de sus golpes—. ¿Por qué te comportas así, Libby?

—Porque... —dijo ella—. ¡Vamos, vete!

—Bueno, quiero ver a Jim Howard —replicó, sentándose al borde de la cama—. ¿Dónde has estado todo este tiempo, Jim, muchacho? La última vez que oí hablar de ti dijeron que habías desaparecido en combate en alguna parte. Nadie esperaba ya volver a verte después de eso.

—Me recogieron en el campo de batalla más tarde —dijo Jim, sonriendo a Spence—. Yo también pensaba que nadie volvería a verme nunca más. Pero me trajeron aquí de vuelta y me enviaron a un hospital en donde trabajaron conmigo una temporadita. Me han hecho un buen remiendo.

Spence le palmeó la espalda sonoramente.

—¡Que me aspen, Jim, muchacho, no hubiera apostado un centavo a que volvería a verte! Odio verte con una cicatriz como esa que tienes en el hombro pero supongo que tienes suerte de tener un recuerdo como ese, que desaparecerá con el tiempo, en vez de que te hubieran matado y enterrado en uno de esos países de por allá, entre toda esa gente extraña... ¿Y cómo es que estás tan lejos de casa? ¿Por qué no estás de vuelta en Beaseley County?

—Me darán el alta médica en unos días, y créame que es adonde...

—Jim Howard tiene que volver pronto al hospital, papá —interrumpió Libby—. Podrás hablar con él en cualquier otro momento. ¡Por favor, papá!

Spence irguió la espalda, mirándoles ásperamente con sus negros ojos bizcos.

—¡Bueno, vamos a ver! —dijo—. ¿Vosotros habéis ido a casaros?

Jim Howard y Libby se miraron uno a la otra.

—Bien, ¿lo hicisteis? —preguntó Spence con insistencia.

Jim Howard se pasó la mano por encima del hombro y se rascó la espalda. Libby se retorcía inquieta a su lado.

—No exactamente, papá —dijo Libby finalmente—. Quiero decir, no del todo. Tenemos la licencia, pero eso lleva tanto tiempo que decidimos que sería mejor esperar a...

Jim Howard se inclinó a un lado de la cama y extrajo un papel de aspecto oficial del bolsillo de su pantalón. Extendió el papel ante Spence para que lo viera. Spence guiñó los ojos.

—¿Esperar a qué? —preguntó Spence a Libby—. ¿A qué hay que esperar cuando te casas?

—No tuvimos tiempo de hacerlo todo el mismo día, papá. No pudimos conseguir la licencia y además organizar la ceremonia y hacer todo lo demás. ¡Jim Howard tiene que darse prisa en volver!

—¿Darse prisa en volver a dónde?

—Al hospital del gobierno.

—¿Para qué?

—¡No entiendes nada de nada, papá! —dijo ella, enfurecida—. Se supone que no puede salir del hospital hasta que le den el alta. Se escabulló por unas horas para que pudiéramos conseguir la licencia de matrimonio y tiene que estar de vuelta antes de que le echen en falta. Si descubren que se ha escapado tal vez nunca le desmovilicen.

Spence asintió con un movimiento de deliberada calma. Quería mostrarse agradable en presencia de visitas, pero aún no era capaz de entender por qué a Libby no le preocupaba tanto como a él la ceremonia matrimonial todavía no celebrada. Era la única de la familia que siempre había respetado las convenciones de la vida.

—Me darán el alta en dos o tres días, si todo va bien —le dijo Jim Howard—. Tan pronto como me la den, al predicador no le llevará casarnos más que unos minutos. Entonces todo estará en orden, papá.

—¿Y luego qué ocurrirá? —preguntó Spence.

—Luego volveremos a Beaseley County —dijo—. Y eso es lo que deberían hacer ustedes también. Este no es lugar para ustedes. Me parece que usted ya lo ha averiguado por su cuenta. Por eso tenía tanta prisa por que yo y Libby nos casáramos. No quiero que esté en un sitio como este. Y no lo estará, porque me la llevo de vuelta a Beaseley County.

—La gente ha de vivir en algún sitio, Jim, muchacho —protestó Spence—. Algunos tienen que vivir aquí, algunos en otros lugares.

—Puede ser, pero no tienen porqué vivir como vive la gente en Pobre Chico —dijo Jim Howard firmemente—. Cuando me llamaron a filas, me di más coces que una mula, porque quería quedarme donde estaba, en Beaseley County. Pero me enviaron a viajar por todo el país y luego allá para Inglaterra y a África y a Italia, y ahora me alegro, porque tuve los ojos tan abiertos que casi se me salen de la cara. Los seres humanos no tiene por qué vivir sus vidas en un estercolero como este, sin tener dónde caerse muertos, andrajosos y hambrientos. Creo que me alegro de que la guerra estallara cuando estalló, porque de no haber sido así nunca habría sabido que hay una buena manera de vivir... igual que una mala.

Nadie se movió durante unos momentos. Luego Spence, sintió la mano de su hija que le empujaba fuera de la cama.

—Vamos, deja de empujarme, Libby —dijo Spence, enfadado—. Sólo porque Jim Howard tenga mucha labia no es razón para pensar que yo no estoy pensando en un par de cosas para decirle.

—¡Oh, cierra el pico y vete! —chilló ella con impaciencia—. ¡Soy lo bastante mayor para saber lo que me hago!

—¡Justamente eso! —gritó Spence—. No pensaba mencionarlo delante de una visita, pero tú sabes demasiado para alguien que no se ha casado del todo. Jim Howard podrá ser como un miembro de la familia, pero si no estáis casados, entonces no es lo suficiente de la familia como para estar en la cama contigo. Sabes que se lo estás poniendo muy fácil, incluso para un soldado herido en la guerra.

Libby se puso en pie de un salto y, antes de que él pudiera detenerla, le expulsó de la habitación. Desde fuera, oyó cómo echaba el cerrojo y, un momento después, el sonido de sus pies desnudos apresurándose a volver a la cama.

Capítulo 2

Spence se pegó a la puerta y accionó la manilla varias veces. La radio volvía a estar encendida y se dio cuenta de que nunca podría hacerse oír por encima de su estruendo. Sabía que podía romper la cerradura, pero temía hacerlo porque si Libby se enfurecía más de lo que ya estaba podría marcharse y no volver más. Sin importar lo que ocurriese, él no quería que ella se fuera. Siempre cocinaba para él cuando venía de visita y desde el momento en que había oído la radio volviendo a casa por el canal había estado esperando por la comida caliente que le haría esa noche.

Se apartó de la puerta y se dirigió a la cocina para beber agua. Mientras esperaba a que el chorro de agua refrescase, pensó en alguna manera de entrar en el cuarto para poder charlar con Jim Howard. Sentía necesidad de hablar con alguien sobre Beaseley County. Hacía casi tres años desde la última vez que había hablado con alguien de casa y había ocasiones en que su añoranza era tan intensa que le parecía que no podría seguir viviendo. Maud quería regresar a Beaseley County tanto como él, pero tenía la mente ocupada con sus fiebres con escalofríos y se pasaba la mayor parte del tiempo protestando por no poder conseguir suficiente tónico. Lo de él era distinto. Ya tenía cerca de cincuenta años y le preocupaba pensar que podría morir allí y ser enterrado en el cementerio de los pobres, junto con todos los que no habían podido permitirse ser trasladados a casa en barco dentro de un ataúd. Durante el año anterior, varios hom-

26

bres que conocía habían muerto en Pobre Chico y a todos los habían dejado tirados allí. La mujer de uno de ellos había intentado juntar dinero para devolver los restos a su viejo hogar. Cuando le pidió a Spence que contribuyese con algo, él contestó que si un hombre no puede juntar suficiente dinero para volver a casa vivo no debería esperar que sus vecinos lo devolviesen para allá muerto; pero desde entonces se había sentido muy inquieto.

Preocupado aún por lo que sería de él si moría lejos de casa, salió de la cocina y se dirigió al porche trasero para sentarse al fresco de la tarde mientras esperaba a que Jim Howard saliese del cuarto de Libby.

Faltaba alrededor de una hora para el crepúsculo y la suave brisa que soplaba desde el Golfo tierra adentro le hacía bien, tras el caluroso día que había pasado pateando las calles. Desde donde estaba sentado, con los pies sobre la barandilla del porche, podía ver las gabarras y los buques petroleros y, de vez en cuando, algún carguero oceánico a plena carga que se deslizaba lentamente por el canal hacia el Golfo de México. Hacía poco menos de tres años que se había trasladado allí desde Beaseley County para trabajar en la fábrica de pólvora por un salario de guerra. Pero la fábrica de pólvora había sido cerrada hacía casi un año y él se encontró en la calle, sin trabajo y enfermo de nostalgia. Había trabajado un tiempo en la planta de embalado de algodón, al otro lado del canal, pero el trabajo sólo había durado unas pocas semanas. Al despedirlo, el capataz le había dicho que era demasiado flojo para el empleo y que contratarían a un negro robusto para ocupar su puesto. Después de eso, había sido incapaz de encontrar un empleo estable en toda la ciudad. Durante una temporada le habían cogido para trabajos esporádicos a tanto la hora, pero a medida que pasaba el tiempo se había ido dando cuenta de que cada vez había menos y menos cosas que él pudiera hacer con la resistencia que tenía, y el constante patear en busca de ocupación le dejaba exhausto antes incluso de encontrar a alguien que le contratara. Ahora debía dos meses de alquiler y en unos días debería el tercero. Libby tenía un empleo en la ciudad, pero, aunque los pocos dólares semanales con los que contribuía al sustento familiar les evitaban pasar hambre la mayor parte del tiempo, su sueldo no era lo bastante alto para pagar el alquiler de la casa además de sus gastos corrientes.

Spence se levantó para ir a la parte delantera de la casa, donde con toda seguridad vería a Jim Howard cuando saliera del cuarto de Libby. A medio camino de la puerta se percató de que alguien andaba por el porche. Se detuvo, vaciló un momento y apoyó la espalda en la barandilla. Una desconocida, de mediana edad y apariencia adusta, le contemplaba con una mirada fría y severa. Llevaba un pequeño sombrero negro que parecía hecho para un hombre, un traje chaqueta gris oscuro, gruesas medias negras y anchos zapatos cerrados de tacón bajo. Spence se la quedó mirando con asombro, de arriba a abajo, mientras se preguntaba quién podría ser.

—Usted es Spencer Douthit —manifestó con un tono de voz que a Spence le sonó como si le estuviera acusando de ser quien era—. Correcto, ¿verdad?

—El mismo que viste y calza —se las arregló para decir, volviendo a mirarla de arriba a abajo—. ¿Cómo lo sabe?

—No importa cómo lo sé —dijo ella secamente.

Spence asintió obedientemente en presencia de un ser humano tan impresionante.

—Yo soy la señora Jouett —dijo la mujer, mirando a Spence como si le desafiara a contradecirla.

—¿Sí? —dijo él, asintiendo.

La señora Jouett alzó aún más la barbilla, como si estuviera preparándose para aspirar un olor repugnante, y examinó el patio trasero de Spence con una amplia mirada.

—Acabo de llegar a su casa —dijo—. Debo decir que no estoy sorprendida en absoluto.

—¿Sorprendida de qué?

—De las condiciones de su morada.

—No sabía que era asunto de nadie...

—Yo hago de estas cosas asunto mío —le interrumpió.

—¿Y eso cómo se come? —preguntó él—. Si yo fuera por ahí metiendo la nariz en los asuntos de...

—Eso no viene al caso —le interrumpió ella—. Bien, ¡mire este lugar! —dijo extendiendo el brazo en un amplio abanico—. ¿Es que la gente de esta vecindad no hace nada por sentirse orgullosa de su entorno? ¿Por qué no recoge todas esas latas oxidados y esas botellas de cerveza asquerosas?

Spence se volvió y contempló las latas y las botellas desperdigadas por su patio. Se había acostumbrado a la basura hasta tal punto que se había olvidado de ella.

—Supongo que ir por ahí buscando algo para comer lleva tanto tiempo que no queda tiempo para nada más —dijo—. Pero recogería todas esas botella y latas viejas si tuviera un sitio donde depositarlas. Solía arrojarlas al canal de ahí pero un día vino la policía y acabó con el asunto.

Durante un instante, ella le miró como si estuviera a punto de decirle algo, pero en vez de eso sacudió la cabeza y se introdujo en la casa. Spence la siguió adentro. Estaba inspeccionando la desordenada cocina cuando la alcanzó.

—Voy a asignar a alguien para trabajo de campo en este caso —dijo ella con aspereza.

—¿Qué es lo que va a hacer? —preguntó él, perplejo.

—Voy a enviar a alguien para trabajo de campo, que se ocupe de este caso. Y espero que usted no nos dé problemas.

—Ni siquiera estaba pensando en dar problemas —protestó Spence.

—Entonces procure no darlos —le advirtió.

La señora Jouett giró sobre sus talones y se puso a recorrer la casa, sacudiendo el piso con sus fuertes zancadas, hasta llegar al rincón en donde Maud sudaba bajo la colcha. Apartó el cobertor y contempló el cuerpo húmedo de Maud.

—¿Quién es esta? —preguntó.

—Bueno, es mi mujer.

La señora Jouett soltó la colcha y retrocedió.

—¿Qué le ocurre?

—Está enferma, eso es todo.

—¿Ha llamado a un médico para que la examine?

—Aún no está lo bastante enferma para eso.

La señora Jouett giró bruscamente sobre sus talones y se dirigió al porche delantero. Spence la siguió con curiosidad...

—Usted tiene una hija llamada Mavis —dijo, pasando con brío las hojas de un pequeño cuaderno—. La niña tiene trece años.

—Es la primera vez que alguien la llama así desde no me acuerdo cuándo —dijo Spence—. Mavis ya es una muchacha desarrollada. Ha crecido de pronto.

Vio como pasaba las hojas del cuaderno, preguntándose si vendería algo que una muchacha de trece años pudiera desear. Ella estudió varias páginas antes de cerrar el cuaderno haciendo una floritura. A continuación alzó la vista y miró a Spence acusadoramente.

—¿Por qué no va usted a trabajar y proporciona un hogar decente a su familia? —inquirió.

Spence fue incapaz de hablar de inmediato. Sus labios se movieron nerviosamente mientras intentaba pensar algo que decirle a la extraña mujer que hacía tal pregunta. Pensó que todo el mundo debía conocer sus problemas y le enfureció que la señora Jouett o cualquier otro como ella se presentara en su casa sin ser invitado para hablarle de ese modo.

—Quizá usted no lo sabe —dijo con calma—, pero hay mucha gente en este mundo que a duras penas se gana la vida, y me figuro que yo soy uno de esos. Me gustaría ser rico tanto como a cualquiera que pasase por ahí, pero no creo que con desearlo baste. Nací pobre y moriré pobre, y no creo que entremedias sea otra cosa que pobre. Bien, no le veo sentido a que usted se presente aquí tratando de decirme otra cosa.

—¡Tonterías! —dijo la señora Jouett impacientemente—. No hay ninguna excusa para que un hombre esté mano sobre mano en estos tiempos. No siento la menor simpatía por un hombre que no sale ahí afuera y consigue un empleo.

Los labios de Spence se tensaron sobre sus dientes y aguantó la respiración durante unos momentos.

—Los tipos que le pidieron a gente como yo que dejara su casa y viniera aquí son los que deberían llevarse las culpas por lo que ha ocurrido —dijo, enojado—. Son los que me dieron la lata con lo de venir aquí y trabajar en las fábricas de guerra. Me mudé hará cerca de tres años para trabajar en la fábrica de pólvora y usted sabe lo lindamente que esa fábrica dejó de funcionar hará cerca de un año. Han sacado de allí toda la maquinaria y se la han llevado en un barco a algún otro lugar, y por eso no volverá a ponerse en marcha, así que ya puedo buscarme otro empleo.

—Yo no tengo nada en absoluto que ver con eso —le cortó la señora Jouett—. En todo caso, haberse quedado en casa.

—¡Quedarme en casa! —repitió Spence—. ¿Cómo podía nadie quedarse en casa en aquellos días, con todos esos reclutadores recorriendo el país y ofreciendo grandes botellas de whisky a los hombres y bragas negras de encaje a las mujeres? Si hubiera sido por mí, podría haberme bebido el licor y no pensar más en ello, pero usted sabe que no hay nada que vuelva más locas a las mujeres que unas bragas finas. Y luego, naturalmente, el *bourbon* y las bragas negras de encaje se acabaron tan pronto como llegamos aquí y nos pusimos a trabajar; y no he vuelto a ver a esos reclutadores desde entonces. Supongo que andarán por alguna parte soliviantando a los muchachos y enviándoles a alguna otra gran ciudad a sufrir como yo estoy sufriendo.

—No tenía que haber venido aquí —dijo ella.

—No, pero dijeron que era nuestro deber patriótico.

—Bien, igual de patriótico es regresar ahora a su lugar de origen.

—Maldita sea, mujer, ¡qué demonios cree que he estado intentando hacer cada día durante el último año!

—Es una pena que la fábrica de pólvora echara el cierre —admitió ella, asintiendo, como si se viera obligada a darle la razón en ese punto.

—Si me pregunta, le diría que la pena es que se pusiera en marcha desde el principio —dijo Spence acaloradamente—. En cuyo caso, esos reclutadores de ciudad no hubieran venido a incordiar a Beaseley County día y noche, agitando bragas negras de encaje ante las mujeres y enseñándoles a probárselas. Volví a casa una vez y me encontré a dos de ellos en el patio delantero. Ya le habían encasquetado unas bragas a Libby y uno de ellos estaba enseñando a Maud cómo se abotonaban. Lo peor de todo, sin embargo, fue que una vez que esos tentadores tuvieron arreglada a mi mujer le hicieron prometer que no se quitaría las bragas hasta que yo aceptara venir aquí y trabajar en la fábrica. Me resistí todo un día y parte de la noche antes de aceptar firmar la hojita de papel y sacar los billetes de tren, pero a esas alturas me sentía como un conejo que se ha cogido las pelotas en la máquina de coser, y ya no pude resistir más. Hacerle eso a un hombre es una jugada mezquina e infame, si me lo pregunta, y es la causa del lío en el que estoy metido ahora.

—No tengo más tiempo para hablar con usted —dijo la señora Jouett concluyentemente, volviéndose y bajando la escalera del patio. Empezó a alejarse apresuradamente por la calle, pero, de pronto, se detuvo y se giró—. Por cierto, señor Douthit —dijo—, ¿qué clase de trabajo tenía usted en la fábrica de pólvora?

—No era algo para jactarse de ello —dijo Spence.

—Pero quiero saberlo —insistió ella—. ¿Qué hacía?

—Bueno, me sentaba en un taburete junto a una fosa que contenía algo que olía a huevos podridos y que parecía una mezcla de azufre y melaza. Cada quince minutos sonaba una campana y se encendía una luz roja. Entonces yo me ponía en pie y silbaba y cogía un cucharón de aquel brebaje y lo vertía en una botella. Después volvía a sentarme y esperaba otros quince minutos para volver a hacer lo mismo.

—¿Por qué tenía que silbar?

—Oh, decían que era para despertarme y que vertiera el brebaje en la botella y no en mi garganta.

—¿Y eso es todo lo que hacía en la fábrica de pólvora?

—Ese era todo el asunto. Pero después de un rato cansaba. Si hubiera tenido un oficio, como carpintero o barbero o algo así, más de una vez habría pensado en dejar ese trabajo. Ese trabajo era demasiado cansado para ganar sólo sesenta y dos con cincuenta a la semana.

—El trabajador de campo estará aquí en breve, señor Douthit —dijo ella, mientras se volvía y salía a escape.

Capítulo 3

Chet Mitchell, que era un hombretón de cara colorada y cuarenta y dos años y cuya estridente voz podía oírse de un extremo al
otro de la calle, salió a su porche trasero y colgó de un poste el
suavizador de su navaja de afeitar. Cuando Spence le oyó silbar,
se precipitó hacia la parte trasera de la casa, donde estaría en
posición de ordenarle a Chet que volviera a su propio patio si
traspasaba la línea imaginaria que dividía ambos solares.

Las dos casas, como todas las viviendas de aquel lado de la
calle, eran idénticas en construcción y aspecto. Cada una dispo-
nía de tres piezas, incluyendo la cocina, y había porches traseros
y delanteros. Las casas, que tenían alrededor de veinticinco
años, se habían alquilado por no menos de treinta y cinco dólares al mes cuando el dinero circulaba, pero ahora el propietario,
que vivía en una casa de ladrillo de veinte habitaciones en el
barrio norte de la ciudad, se contentaba con cobrar quince. Los
solares eran estrechos y entre los edificios sólo había ocho pies
de distancia. Pero el alquiler era barato y aquellos que podían
permitírselo se sentían superiores a la gente de Pobre Chico que
ocupaba chozas a lo largo del canal. Las casas estaban destarta-
ladas y necesitaban reparaciones, sin embargo, y en una ocasión
en que Spence fue a hablar con el tipo que cobraba el alquiler
para que sustituyera el cristal roto de una ventana, este se había
reído de él y le había dicho que la casa era suficientemente buena tal como estaba para quien no podía permitirse nada mejor.
Después de eso, Spence consideró que no valía la pena protestar

por las goteras del techo y la esquina de la casa que se había desprendido de los cimientos.

Spence se sentó en el porche trasero y observó a Chet, que permanecía a sólo diez pies de distancia, por el rabillo del ojo. No se hablaba con Chet desde que Mavis, su hija más joven, se escapó de casa, y no tenía intención de hacerlo ahora. A Spence siempre le había desagradado Chet. Le desagradaba porque Chet era más grande y más fuerte que él, porque Chet siempre tenía un montón de dinero en el bolsillo y porque cada vez que se ponían a discutir, el ronco bramido de la voz de Chet conseguía acallarlo.

Chet se quitó la camisa y empezó a suavizar la navaja. Era la única persona que vivía en Pobre Chico por preferencia y no por necesidad. Todo el mundo sabía que Chet se ganaba la vida, y muy bien, vendiendo marihuana —la cual compraba en grandes cantidades— a traficantes de los billares y los bares de copas. La policía nunca molestaba a Chet. Pagaba mensualmente una buena suma a alguien de la ciudad y esa era su licencia para vender tantos cigarrillos de marihuana como sus camellos pudieran colocar. La única vez que Chet había estado en aprietos fue cierta vez en que olvidó hacer su pago mensual. Esa noche, dos hombres le siguieron hasta casa, le clavaron el cañón de las pistolas en la barriga y le preguntaron si sabía qué día era. Chet pagó al momento y los hombres se fueron.

Myrt trajo una palangana de agua caliente de la cocina y la puso sobre la balda del rincón del porche. Chet se enjabonó la cara y empezó a afeitarse. Myrt le miraba con fascinación mientras se afeitaba un lado de la cara. Ninguno de los dos decía nada, pero cuando ella se giró para volver a la cocina, Chet se inclinó de pronto y le clavó el dedo en el estómago emitiendo al mismo tiempo un fuerte sonido de chuperreteo con los labios. Myrt gritó, le dio un cachete juguetón y corrió a refugiarse dentro de la casa. Spence no pudo evitar levantarse de un salto de su silla al oír el grito de Myrt, como si las cosquillas se las hubieran hecho a él. Chet ladeó la cabeza y contempló a Spence inquisitivamente.

—¿Aún estás aquí, paleto? —dijo Chet con su sonora voz—. Pensé que habías dicho que te ibas de la ciudad. ¿No dijiste eso hace seis meses? ¿Qué te retiene aquí?

Spence hizo cuanto pudo por ignorar a Chet. Apartó la vista y rechinó los dientes. Oyó que Chet se reía y un momento después se ponía de nuevo a silbar. Cuando terminó de afeitarse, limpió la navaja, se secó la cara y colgó la toalla en la barandilla del porche. Spence le observaba por el rabillo del ojo, cuidando de mantener la cara fija al frente. Todavía silbando, Chat recogió la palangana y arrojó el agua jabonosa directamente al patio de Spence. Luego aguardó, silbando más fuerte que nunca, a ver lo que Spence hacía al respecto.

Spence se puso en pie de un salto, mirando primero al charco de agua y luego a Chet.

—¡A todo el que vacía su agua sucia en el patio de otro hombre habría que obligarle a bajar y recogerlo a lametones! —gritó Spence, enfurecido. Chet, que pesaba doscientas treinta libras, se reía tanto que la panza le temblaba—. ¡Y si yo tuviera tu talla, Chet Mitchell, yo mismo te obligaría a hacerlo!

Chet se apoyó en la barandilla, aún sacudiéndose de risa, y Myrt se asomó un momento a la puerta de la cocina para ver lo que había pasado.

—¿No sabes que si mantienes tu patio húmedo podrán crecer en él gusanos para cebo, paleto? —dijo Chet—. Un hombre como tú debería tener en la mano todo el rato montones de gusanos para cebo.

—¡No soy ningún paleto y lo sabes! —dijo Spence, alzando la voz tanto como pudo.

—Demonios, pasé por Beaseley County —dijo Chet— y sé cómo son las cosas allá arriba. Es el lugar más dejado de la mano de Dios que jamás he visto. La gente allá arriba es tan pobre que no sabrían ni qué hacer con un billete de un dólar si se lo encontraran en un camino. Todas esas colinas y barrancos me producen pesadillas cada vez que pienso en ellos.

—Es como cualquier otro bendito lugar del mundo —dijo Spence a la defensiva—. La gente como tú, de esta región llana, cree que cada pequeña elevación del terreno es una enorme colina. Beaseley County es el propio país de Dios.

—Bueno, entonces Dios y tú podéis quedároslo —dijo Chet—. Pero en serio que me da pena de cualquiera que tenga que ganarse la vida en esos campos de piedras. No le desearía esa tierra al peor hombre de la ciudad.

—¡Pienso ajustar cuentas contigo! —dijo Spence amenazadoramente después de una pausa—. Sólo espera y ya verás si no lo hago. Te ajustaré las cuentas aunque me lleve la vida entera.

—¿Y cómo piensas hacerlo, paleto?

—Ya lo averiguarás cuando sea demasiado tarde para ti. Pero, del modo que sea, será definitivo. Nadie le hace a una hija mía lo que tú has hecho sin pagar por ello. Si no hubiera sido por ti, a ella ni se le hubiera ocurrido escaparse. Tú eres el culpable y haré que la ley caiga sobre ti. ¡Y yo también caeré!

Chet saltó del porche y corrió a las escaleras de Spence. Este no se movió.

—¡Ya he oído bastantes lloriqueos! —dijo Chet en voz muy alta, con su cara más colorada que nunca—. No vas a quedarte ahí culpándome e irte de rositas. Si yo no lo hubiera hecho, hubiera sido algún otro antes de que pasara una semana. Estaba madura, y lo sabes. Además, ella vino a mi casa. No fui yo el que fue a la tuya, ¿no es cierto? ¡Tendrás que concederme al menos eso!

—Igualmente, deberías haber dejado que la naturaleza siguiera su curso —dijo Spence—. Fue una cosa vil y mezquina, a su edad. Ahora se ha ido por toda la ciudad y nada puede detenerla.

—Sabes de sobra que todo el mundo en esta parte de la ciudad tenía puestos sus ojos en ella. Si no había uno, había una docena rabiando por una ocasión. Hasta un ciego hubiera visto que se le iban a echar encima. No voy a cargar con las culpas sólo por haber tenido la primera oportunidad, al vivir en la puerta de al lado. ¡Punto final!

Chet bajó las escaleras y se dirigió a su patio, mirando por encima del hombro para asegurarse de que Spence no cogía una piedra para arrojársela. Traspasó la línea imaginaria que dividía los dos solares.

—Es a la gente como tú a la que deberían obligar a volver al lugar del que proceden —le gritó Spence—. No sé de dónde vienes, pero deberían enviarte de vuelta a Tennessee o a Alabama o a donde quiera que sea.

—Me quedaré aquí durante los próximos diez años, igual que me he quedado aquí durante los diez anteriores. ¿Por qué no te vas tú al lugar del que procedes? ¡Nadie quiere verte por aquí!

—Me iré, pero me iré cuando esté preparado, y por decisión propia.

—Andarás arrastrándote por aquí hasta que mueras, a menos que alguien te envíe de vuelta —dijo Chet, riéndose despectivamente—. He visto muchos inútiles como tú que vienen de esas colinas a sentarse sobre su trasero y quejarse todo el rato porque el mundo no viene corriendo a solucionarles la vida. Toda esta ciudad está invadida de tipos como tú que ni siquiera se dan cuenta de que ya no se les quiere aquí. Por Dios, si yo mandase, las cosas serían muy distintas. Me agenciaría un buen látigo para arrear mulas y empezaría a menearlo. ¡Saldrías pitando para tus colinas o te sacaría los hígados!

Chet escupió por encima de la línea en el patio de Spence y se metió en su casa a cenar. Spence estaba a punto de presentarse en su puerta y decirle lo que pensaba de él cuando oyó que la puerta mosquitera se cerraba a sus espaldas. Se volvió y vio a Libby cruzando el porche.

—¿Dónde está Jim Howard? —preguntó ansiosamente, subiendo las escaleras tras ella.

—Tenía que irse, papá —dijo—. No podía quedarse ni un minuto.

La cara de Spence se torció de decepción.

—Pero dijiste...

—Lo sé, papá, pero era tan tarde que temí que se viera en un aprieto en el hospital.

Cruzó el porche hasta el banco bajo y se sentó a contemplar los baldíos cubiertos de matojos que se extendían entre ellos y el canal. El sol se ponía como si fuera una gigantesca hoguera y sus brillantes rayos teñían cuanto tocaban. Spence la siguió y se sentó en la silla junto a la barandilla. Se sentía estafado y se volvió hacia ella con enfado.

—Ha sido una jugarreta —dijo.

Libby le dio una palmadita en la mano y le sonrió.

—Vamos, papá —le dijo con ternura.

No podía enfadarse con ella después de eso y se vio obligado a asentir y perdonar. Siempre había sido una chica preciosa, incluso mucho antes de dejar Beaseley County, pero nunca la había visto tan adorable. Su pelo oscuro era de un negro azulado y su esbelto cuerpo era firme y bien formado. Spence la contempló con admiración. Maud había sido casi igual de bonita cuando tenía veinte años.

—Ahora atiende, Libby —dijo en voz muy alta—. No me he olvidado de cómo me echaste hace un momento. Eso es ser muy quisquillosa y lo sabes. Soy tu padre y tengo todo el derecho a hablar si te cojo en la cama con un hombre. Ya sé todo lo que dijiste sobre casarte, pero igualmente no deberías haberlo hecho.

—Vamos a casarnos —dijo ella con calma.

—¡Vamos a casarnos! —dijo Spence, alzando la voz—. ¿Qué es eso de «vamos» cuando estabais en la cama? ¡Cuando haces lo que estabas haciendo ya no queda nada por hacer! He visto muchas cosas en la vida, pero nunca pensé que llegaría a casa y te encontraría...

—No olvides, papá, que tenemos una licencia de matrimonio. Eso es mucho más de lo que consiguen algunas chicas.

—Supongo que en eso tienes razón —admitió—. Además, Jim Howard Vance es un tipo decente. Estaba allí hablando hace un momento como si supiera algunas cosas. No hay muchos en los que yo confiaría entre el momento de obtener una licencia y el momento de usarla, pero Jim Howard es uno de ellos. Si él dice que va a casarse contigo, le creo.

Libby permaneció en silencio. Él se volvió hacia ella y vio que miraba el crepúsculo. La cálida luz dorada brillaba en sus ojos.

Spence esperó a que el sol se perdiera de vista antes de importunarla. Cuando le tocó un brazo, ella le miró con sorprendida emoción. Spence vio que tenía lágrimas en los ojos.

—¿Qué ocurre, Libby?

Ella apoyó la cabeza en su hombro, apretando contra él su rostro húmedo.

—Es tan horrible, papá —dijo entrecortadamente—. Es como si estuviéramos casados, pero Jim Howard ha tenido que irse tan pronto... Si hubiera podido quedarse a pasar la noche...

Spence apartó la cabeza mientras ella lloraba sobre su hombro. Contempló el canal mientras su áspera mano le acariciaba el pelo. Le recordó la primera vez que tuvo a Maud en sus brazos y trató de consolarla. Maud era entonces tan joven como

Libby y el día de su boda, cuando el sol se puso y la oscuridad los rodeó, Maud lloró como una niña y quiso irse a casa con sus padres.

Un petrolero se deslizaba lentamente por el canal en dirección al Golfo, con las luces titilando como estrellas contra el pálido cielo. Spence contempló el petrolero hasta que desapareció. Después, un remolcador, expulsando nubes de humo negro y arrastrando una gabarra vacía, recorrió con esfuerzo el canal en dirección a los muelles situados una milla más allá. Spence sintió que la mano de Libby le apretaba la suya.

—Todo se arreglará —decía ella en voz baja—. En dos o tres días le darán el alta y vendrá a buscarme y entonces todo será diferente y nos iremos lejos. Él ha estado fuera casi dos años y yo le he esperado todo ese tiempo, así que puedo esperar dos o tres días más. No es como si le hubieran matado en la guerra. Estaremos juntos el resto de nuestras vidas... Dos días más... o tres, y volveremos a Beaseley County. Entonces todo esto se habrá acabado. No tendré que esperar por él ni un segundo más. Iremos a casa...

Spence sintió que su cuerpo temblaba de ansiedad.

—¿Pero qué pasará con el resto de nosotros, Libby? —preguntó, temeroso—. ¿Qué será de tu madre y de mí? Sabes que no tenemos un centavo para vivir, excepto lo que tú nos das. ¿Y qué pasa con Mavis? Se ha ido no se sabe a dónde, a cuenta de lo que le hizo Chet Mitchell, y no volverá. Simplemente no estaría bien que te fueras. Si yo fuese el único que considerar, me iría contigo y con Jim Howard a Beaseley County. Pero no estaría bien que me marchara y dejara a Mavis y a tu madre aquí abajo, arreglándoselas ellas solas.

Libby se puso en pie y se secó las lágrimas. Spence vio que la expresión de su cara cambiaba casi de inmediato.

—Jim Howard tiene razón, papá —dijo con voz plana—. Tienes que marcharte de este terrible lugar y llevarte a mamá y a Mavis contigo. No hay excusa para quedarse aquí más tiempo. Puedes encontrar a Mavis si la buscas, y puedes vender los muebles y sacar dinero suficiente para los billetes de autobús. Después de dejar el trabajo en la ciudad y marcharme con Jim Howard, yo ya no podré daros más dinero a ti y a mamá. Tendrás que hacer algo por ti mismo.

—Pero todo el mundo sabe que no puedo encontrar un empleo, Libby —protestó Spence—. Ya no tengo fuerzas en el cuerpo para pelear.

—Hay un montón de cosas que podrías hacer si realmente quisieras volver a Beaseley County. A veces pienso que no quieres irte de Pobre Chico, aunque digas otra cosa.

—Esa es una extraña ristra de palabras para ponerlas juntas, Libby. ¿De dónde demonios has sacado una idea como esa? ¡Pienso que Beaseley County es el mejor lugar del mundo, y no vacilo en decirlo!

—Puede que lo pienses, pero sabes que la vida es más fácil aquí. Si regresaras, tendrías que cultivar en verano y cortar madera en invierno. Aquí abajo no tienes que hacer una bendita cosa, ya que alguien viene todas las semanas y te pone en las manos unos dólares.

—Te aseguro, Libby, que a veces tienes las ideas más extrañas...

—Ya va siendo hora de que empieces a reflexionar sobre algunas de esas ideas extrañas —dijo ella ante él, junto a la barandilla. Spence alzó la vista hacia su cara. Cuando vio su expresión de dureza, bajó los ojos rápidamente—. Puedes hacer algo al respecto si tú quieres. Y será mejor que lo hagas antes de que sea demasiado tarde.

Spence se mordió la punta de la lengua. Su mente era un vaivén de inquietud. Al momento volvió a alzar la vista hacia su hija.

—Quizá todo eso que dices sea la pura verdad de Dios, Libby —dijo—, pero quizá si esperases un año o así, las cosas podrían mejorar y yo obtendría un buen empleo y tú podrías ir y casarte con Jim Howard. Apuesto lo que sea a que él esperaría todo ese tiempo y, mientras tanto, tú podrías ayudar con tu trabajo en la ciudad, de modo que nos llegaran unos dólares a mamá y a mí.

—Me temo que eso no serviría de nada, papá —dijo ella con una risita—. Un hombre esperará a una chica lo justo, pero nada más. Hay muchas otras dispuestas a casarse con él.

Le dejó allí y se dirigió a la puerta de la cocina.

—Es hora de hacer la cena, ¿no, papá?

—Andamos cortos de café —dijo Spence poniéndose en pie—. Llevo tres días hirviendo los posos.

Libby se desabrochó el vestido y sacó varios billetes.

—Tu madre necesita tónico, Libby —sugirió él, mirando el dinero—. Y yo también estoy sin tabaco.

Le entregó cinco dólares.

—Necesitamos más la comida que el tónico o el tabaco —le dijo—. Recuérdalo cuando vayas a la tienda.

—Oh, lo tendré en cuenta —prometió él—. Con todo este dinero, voy a abastecerme bien. Tú enciende el hornillo y estaré de vuelta enseguida.

Bajó corriendo las escaleras y se apresuró calle adelante. Había un cuarto de milla hasta el pequeño grupo de tiendas, pero conocía varios atajos a través de solares vacíos con los que ahorraba mucho tiempo cuando tenía prisa. No había más almacenes en Pobre Chico —con excepción de media docena de tiendas que vendían refrescos y tabaco, desperdigadas por toda la vecindad— y el principal sector comercial del barrio sur distaba una milla. La propia ciudad se extendía a lo largo de millas de tierra llana, y mientras trotaba a través de las oscuras calles sin iluminación podía ver las luces del norte reflejadas en la línea del horizonte como un crepúsculo prolongado.

Antes de comprar ninguna otra cosa, Spence se hizo con media docena de cajetillas de tabaco en el estanco. Temía que si esperaba más tiempo todo el dinero se fuera en comida.

Ya llevaba recorrido medio camino de vuelta cuando se acordó del tónico de Maud. Había gastado todo el dinero, sin embargo, y ya no podía hacer otra cosa que volver a casa sin él.

Libby salió a la puerta trasera cuando la llamó. La cocina estaba encendida y él pudo vislumbrar un buen fuego en la rejilla de la cocina.

—He traído los comestibles, Libby —dijo, jadeando por el esfuerzo mientras le entregaba los paquetes—. El gran problema es que he comprado tantas cosas para comer que no me ha quedado ni un centavo para el tónico de tu madre. Se va a llevar un disgusto terible si no le traigo un poco esta noche.

Libby llevó los paquetes a la mesa sin decir una palabra. Cuando volvió a la puerta, le alargó un dólar.

—De comprar tabaco no te olvidaste, ¿verdad, papá? —le preguntó sin sonreír.

—No —dijo él lentamente, mirándola a la cara—. ¿Por qué?

—Porque este dólar es cuanto vas a obtener —dijo, dando media vuelta y volviendo a la cocina.

Durante todo el camino hacia la farmacia, Spence sintió la tentación de parar en el club privado de Bill Tarrant y apostar el dólar a doble o nada. Sin embargo, cuando llegó al local, se sintió cansado y hambriento y supo que no podría volver a casa esa noche si perdía el dólar en una mesa de juego. La última vez que había intentado doblar su dinero en el club de Bill Tarrant, convencido de que iba a ganar, había perdido en el primer lanzamiento de dados. Con el hambre que tenía, le pareció que no valía la pena arriesgarse esta vez. Entró en la farmacia[1] y compró una botella grande de tónico, gastando el cambio en más tabaco.

Cuando volvió a casa, se fue derecho al dormitorio a despertar a Maud. Esta aún se dedicaba a contemplar la pared cuando él encendió la luz, pero los escalofríos ya se le habían pasado y había apartado la colcha. Sostuvo la botella tentadoramente ante sus ojos y observó cómo se lanzaba a cogerla. Spence la apartó de su alcance mientras ella se sentaba con los ojos abiertos de par en par a causa de la sorpresa. Empezó a gimotear como un niño que pidiera caramelos, llorando y riendo a la vez.

—Retiro todas las cosas horribles que he dicho, Spence —dijo excitada mirando la botella.

Spence abrió la botella y vertió parte del tónico en un vaso. Luego lo sostuvo a la distancia de un brazo, aún fuera de su alcance. Las lágrimas rodaban por las mejillas de Maud.

—¡En realidad no pensaba todas esas cosas malas, Spence! ¡Sabía que encontrarías el modo de conseguirme lo del doctor Munday!

Spence se sentó en un lado del camastro y le dio el vaso. Ella se lo echó a la boca y, zureando de placer, se bebió hasta la última gota.

—Es la de tamaño grande, Maud —dijo él sosteniendo la botella para que la viese—. Es la primera de las grandes que te bebes en mucho tiempo, ¿eh? Últimamente, siempre eran esas míseras botellitas de a cincuenta centavos.

—¡Gracias al Buen Dios, Spence! —farfulló con sus temblorosos labios, aún jadeando para recobrar el aliento. Lamió el bor-

---

1. Aunque hemos usado la palabra «farmacia», el «drugstore» norteamericano es un comercio que vende tanto medicinas como refrescos, tabaco y muchos otros artículos. (N. del T.)

de del vaso—. No sé qué diablos haría en esta vida sin lo del doctor Munday —se dejó caer de espaldas y le sonrió mientras se secaba las lágrimas de los ojos y las mejillas con el dorso de la mano—. Es lo único que me mantiene viva.

Spence le dio unas palmaditas en el hombro y dejó la botella en el suelo, junto al camastro, donde ella pudiera alcanzarla fácilmente.

—Pues para decir la verdad, Maud, ha sido Libby la que ha pagado —admitió—. Me dio el dólar para comprarla. Todo lo que he hecho es traerla.

—Dios bendiga su buen corazón —dijo, suspirando apreciativamente. Cerró los ojos y una sonrisa de felicidad se dibujó en su cara mientras la calidez del licor se extendía por todo su cuerpo—. No todo el mundo tiene una hija comprensiva que le trae la botella grande de lo del doctor Munday —sacó el brazo y tanteó con los dedos en el suelo hasta que Spence le colocó la botella en la mano. Se bebió un trago largo y sonoro y se la devolvió a Spence—. Dios la guarde y bendiga su buen corazón —dijo cerrando los ojos y respirando muy hondo. Una expresión de placer cubrió su cara.

Spence permaneció unos minutos contemplando como las comisuras de su boca se plegaban de contento.

Libby había puesto la mesa y una humeante fuente de guisantes pintos estaba esperándole. Se sentó y empezó a comer con apetito, y Libby trajo a la mesa una sartén de salchichas ahumadas y un cuenco de sémola caliente. Spence empezó a comer tan rápido como pudo, sirviéndose más guisantes y sémola con la mano libre.

—No creo que haya un hombre en la Tierra al que le gusten los guisantes y la salchicha de cerdo más que a mí —masculló, mirando a Libby—. Es una pena que no puedas quedarte aquí todo el tiempo y dedicarte a cocinar. Si hay algo en todo el ancho mundo que echo de menos es una enorme fuente de maíz molido y salchichas de cerdo por las mañanas. Cuando tú no estás, no hay ni un mendrugo para comer. Tu madre está siempre enferma, o fingiendo estarlo, y no cocina. Yo lo haría si pudiera cogerle el tranquillo, pero simplemente no se me da. Vengo aquí, me pongo a enredar y al final no hago nada. Me preparo un cafelito y eso es todo.

Libby sacó del horno una sartén de pan de trigo caliente y la puso en la mesa. Spence se sirvió un gran trozo y volvió a llenarse el plato de guisantes.

—Aquí abajo, en este rincón del mundo, un hombre es feliz sólo con tener una buena comida como esta de vez en cuando —dijo, masticando un bocado de salchicha, pan de maíz y guisantes—. Y hay gente aquí abajo, según me cuenten, que nunca ha disfrutado ni de una sola. No puedo comprender qué sacan en claro esos tipos comiendo, si no tienen sémola y guisantes pintos. Para mí, la vida no merecería la pena si no puedo comer cosas como estas cada poco tiempo.

Alzó la vista y vio que Libby miraba más allá de donde él se sentaba. Se metió en la boca otro bocado de sémola y guisantes antes de pararse a pensar qué podría estar mirando tan intensamente. Libby se levantó de su silla.

—¿Qué ocurre, Libby? —preguntó, alcanzando otro trozo de pan de maíz.

Ella señaló con la cabeza y Spence se volvió finalmente.

Maud estaba de pie en el umbral, vacilante, sonriendo a la nada. El camisón rosa se le había deslizado hasta la cintura y ella se tanteaba los pechos buscándolo. Empezó a balancearse de un lado a otro mientras intentaba mantener el equilibrio y estuvo a punto de caerse antes de sujetarse con una mano al dintel de la puerta. Las cosquillas de los dedos en el pecho la hacían estremecerse y el camisón se le deslizó hasta los pies, estorbándola. Pateó para sacárselo y soltó una risa tonta.

Spence la miraba embelesado, pero Libby se acercó a su madre y trató de cogerla del brazo. Maud retrocedió y la golpeó con la mano abierta. Libby la esquivó y volvió a la mesa a toda prisa.

—Vamos a ver, Maud —dijo Spence, poniéndose en pie y agarrándola del brazo—, no deberías desfilar por ahí de esa manera. Vuélvete a la cama, que es donde tienes que estar.

Maud movió el brazo hacia él. Su mano abierta le golpeó directamente en un lado de la cabeza, haciendo que el oído le restallase. Se sentó rápidamente, sacudiendo la cabeza como un perro al que hubieran arrojado un balde de agua.

—Eso te enseñará a dejar en paz a una dama cuando le da por sentirse un poco puta —dijo Maud, acercando la cara con un movimiento solemne.

Miró a Spence y a Libby durante un momento y luego se dirigió hacia la mesa, levantando las rodillas y midiendo sus pasos. Se detuvo a medio camino.

—Oí a alguien hablar de guisantes pintos y maíz molido —dijo, mirando alternativamente al uno y a la otra— ¡Eso es de lo que me gusta oír hablar! —gritó con toda la fuerza de su voz. Hizo una pausa mientras se quitaba del pecho y del estómago motas de polvo imaginarias—. Si estáis hablando de guisantes pintos y maíz molido, esto debe de ser Beaseley County. ¿Es esto Beaseley County? —se rió muy alto—. ¿Eh?

—Libby, tu madre ha ido y se ha bebido toda la botella de un dólar de tónico —dijo Spence, meneando la cabeza significativamente—. O mucho me equivoco o está achispada. Hasta un conejo al que una máquina de coser le hubiera cogido las pelotas sabría que este lugar no es Beaseley County.

Maud volvió la cabeza como si hubiera sido insultada sin ninguna razón. Dio media vuelta y, tanteando el camino con ambas manos, abandonó con gesto altivo la cocina.

Capítulo 4

Calmar a Maud lo bastante como para que no se moviera de la cama les había llevado mucho tiempo a Libby y a Spence, así que el sol ya estaba alto sobre los tejados cuando Spence abrió los ojos al día siguiente. Antes de que los efectos del tónico desaparecieran completamente, Maud se las había arreglado para escabullirse fuera de la casa y correr gritando por la calle. Cuando logró atraparla, estaba golpeando con los puños la puerta principal de un vecino, y Spence tuvo que inmovilizarle los brazos y arrastrarla hasta casa. Los gritos y alaridos de Maud despertaron a Chet y a Myrt, que salieron al porche para ver cuál era el problema. Spence no les prestó ninguna atención mientras llevaba a Maud a casa y ellos se volvieron a la cama. Después de eso, durante una hora más, Maud se dedicó a arruinarle la vida gritando y luchando, porque creía tener derecho a pasárselo bien e insistía en dar una fiesta. En algún momento después de la medianoche, Libby la persuadió finalmente para que se quedase en la cama, y al poco rato cayó en un profundo sueño.

Spence alzó la cabeza de la almohada unos centímetros y miró a Maud a través del cuarto. Aún permanecía dormida en su camastro y él la contempló durante un rato, escuchando su pesada respiración. Había apartado la colcha y no llevaba el camisón.

Se repantigó para dormir un poco más, pero la sonora voz de Chet Mitchell le despejó con un sobresalto. Chet le gritaba a Myrt sobre algo que le disgustaba, y Spence se incorporó y se frotó los ojos, sabiendo que ya no podría dormirse después de aquello. Estuvo escuchando a Chet durante unos minutos hasta que se le ocurrió mirar hacia la puerta del otro cuarto. La puerta estaba abierta y casi de inmediato sintió una extraña opresión en el estómago. Libby se había ido.

Saltó de la cama y trotó cautelosamente con los pies descalzos hasta la puerta. No necesitaba más para convencerse de que Libby se había ido. La cama estaba vacía y en el cuarto no había ninguna prenda suya. Volvió a su cuarto sintiendo una gran pesadumbre y empezó a buscar los pantalones y la camisa.

Mientras se vestía, oyó con toda certeza como alguien vaciaba una palangana de agua en alguna parte del patio trasero, y corrió hacia la puerta de la cocina. Lo primero que vio fue un charco de agua jabonosa a medio camino entre el umbral de su casa y la esquina del porche. Se embutió los pantolones mientras miraba como el agua iba extendiéndose por todo el suelo. Por el rabillo del ojo vio a Chet observándole desde su porche, así que fue hasta la barandilla y escupió asqueado en el charco.

—Si alguna vez ha habido un vecino irritante, ese eres tú —le dijo a Chet sin mirarle.

Chet se apoyó en el poste y rió.

—¿Qué le entró a tu vieja anoche? —preguntó al cabo de un rato—. ¿No consigues domarla, paleto?

—Me iba de maravilla antes de oír hablar de ti, Chet Mitchell, y puede seguir siendo así perfectamente.

—Si quieres seguir mi consejo, será mejor que mantenagas a tu vieja en casa —dijo Chet—, porque si no lo haces, alguien acabará confundiéndola con un ciervo una de estas noches y la pondrá en el punto de mira —se agachó y cogió el camisón de Maud de una silla. Hizo una apretada bola con la prenda y se la arrojó a Spence—. Lo encontré en mi patio delantero esta mañana, paleto —dijo.

Spence recogió el camisón, escupió en el charco y se metió en la cocina.

Sobre el hornillo había una fuente con galletas horneadas aún calientes y un cazo con café. Spence encendió el fuego para calentar el café y cogió la jarra de sorgo del armario. Había un gran trozo de salchicha ahumada que había sobrado de la cena y también la puso en la mesa. Cuando estuvo preparado para desayunar, partió media docena de galletas y vertió sorgo sobre ellas.

El café no tardó en hervir y Spence trajo el cazo a la mesa. A esas alturas, ya estaba dispuesto para otra ración de galletas y sorgo y se cortó otro trozo de salchicha.

Acababa de beberse la última taza de café cuando notó que alguien le tocaba el brazo. Se volvió, pensando que era Maud, pero vio junto a su codo a una de las pequeñas de pelo rubio de Floyd Sharp, mirándole hambrienta mientras engullía el sorgo con galletas. La niña tendría unos cinco años, pero Floyd había tenido un montón, todas tan parecidas que Spence era incapaz de distinguirlas.

—¿Eres Clarice? —le preguntó metiéndose el sorgo y las galletas en la boca.

Ella meneó la cabeza de un lado a otro, sus ojos fijos en las galletas y el sorgo del plato. Spence partió una galleta, vertió en ella un poco de sorgo y se la alargó a la pequeña. Ella la cogió con ansiedad, lamiendo el sorgo que resbalaba por los bordes.

—Señor Douthit, mi nombre es Lillie Mae —dijo, mirándole con sus grandes ojos redondos mientras comía—. Clarice es mi hermana.

—Lo sé —dijo él—, pero no soy capaz de distinguiros. ¿Cuántas sois ya?

—Señor Douthit, tengo siete hermanas —le dijo muy seria—. Y mamá dice que tendré otra hermanita.

Se había comido la galleta y se estaba lamiendo los dedos. Spence le dio otro trozo con sorgo.

—¿Aún no habías desayunado? —le preguntó viendo la avidez con la que comía.

—Ya había desayunado, señor Douthit. Comimos gachas.

—¿Por qué has venido a mi casa?

—Señor Douthit, mi papá quiere saber si no está usando su mapa de carreteras —dijo a toda prisa, como si estuviera decidida a recordar lo que le habían dicho que dijera—, y si no lo está usando, si se lo puede prestar un ratito.

—¿Qué quiere hacer tu padre con él? —preguntó Spence ansiosamente—. ¿Anda pensando en regresar a casa?

—Señor Douthit, la verdad es que no volvemos a casa. Mi papá dice que quiere ver el mapa de carreteras y hacer como que volvemos a casa.

—Oh —dijo Spence, aliviado.

Vertió sorgo en otro trozo de pan y se lo alargó a Lillie Mae, y luego él se sirvió más salchicha.

—Esto es tan bueno como un terrón de azúcar, ¿verdad, señor Douthit? —dijo Lillie Mae, relamiéndose el sorgo de los labios.

—¡Ya lo creo que sí! —convino él—. No conozco muchas cosas que sean mejores.

Ella permaneció tranquilamente al borde de la mesa, las manos firmemente entrelazadas a sus espaldas, y le contempló mientras terminaba de comer.

—Señor Douthit, ¿va a darme el mapa de carreteras para mi papá? —preguntó preocupada.

—Miraré por casa a ver si lo encuentro por alguna parte —le dijo—. Cuando lo encuentre, yo mismo lo llevaré a tu casa. Estoy demasiado ocupado para buscarlo ahora mismo.

—Adiós entonces, señor Douthit —dijo ella, dirigiéndose hacia la puerta.

—Adiós, Justine —dijo Spence.

—Soy Lillie Mae —le corrigió puntualmente.

—Adiós entonces, Lillie Mae —dijo él.

Oyó el repiqueteo de sus pequeños pies descalzos mientras recorría la casa camino al porche delantero. Cuando la puerta mosquitera se cerró, Spence apartó la silla y se puso en pie.

Cuando salió al porche trasero, la mañana estaba muy avanzada y el opresivo calor del mediodía se había instalado sobre la tierra. Chet se había ido y Myrt barría el patio trasero. Spence se apoyó en un poste y la observó con interés. Nunca hablaba con Myrt a menos que hubiera una buena razón para hacerlo, porque no deseaba tener nada que ver con alguien tan estrechamente ligado a Chet Mitchell. Él y Chet nunca habían sido amigos, ni siquiera antes de que ocurriera la pelea por lo de Mavis, y por esa razón Myrt no estaba siempre entrando y saliendo de su casa para visitar a Maud. Ahora, sin embargo, mientras la miraba encorvándose y barriendo el patio, Spence tuvo la sensación de que podría mostrarse amigable con ella si quería. Se dijo que nunca podría vengarse de Chet si no empezaba a buscar maneras de hacerlo. Myrt era una mujer grande con el pelo pajizo y una sonrisa presta. También era bastante bonita. La había mirado muchas veces cuando salía al porche trasero creyendo que nadie la veía.

Myrt se volvió y le miró un momento. Spence estaba a punto de bajar la escalera y decirle algo cuando recordó que aún no había mirado bajo la almohada de Maud. Eso era más importante en ese momento que ninguna otra cosa.

Corrió adentro y cruzó la cocina de puntillas en dirección al dormitorio. Maud dormía profundamente.

Se acercó al camastro y deslizó la mano bajo la almohada. Libby siempre dejaba algo de dinero bajo la almohada de su madre cuando se iba, y Spence estaba seguro de que también esta vez habría algo allí. Tanteó cuidadosamente bajo la cabeza de Maud, haciendo todo lo posible para encontrar el dinero sin tener que despertarla. En un primer momento fue incapaz de encontrarlo, así que se puso de rodillas y volvió a deslizar la mano bajo la almohada. Justo entonces, Maud se volvió y abrió los ojos. Al instante estaba despierta. Antes de que él pudiera sacar la mano, le dio una palmada y se incorporó.

—¿Dónde está Libby? —preguntó, mirando a su alrededor.

Spence se puso en pie. Permaneció junto al camastro, culpándose por no haber encontrado el dinero antes de que Maud se despertara y lo sorprendiese.

—¿ Libby se ha ido? —dijo ella, metiendo la mano bajo la almohada y buscando el dinero. Tras unos momentos dejó de buscar y dio unos toquecitos a la almohada con una sonrisa de satisfacción en la cara—. Libby se ha ido —anunció.

Spence no pudo hacer otra cosa que asentir. Maud sabía tan bien como él que no habría ningún dinero bajo la almohada si Libby no se hubiera ido.

—Libby hizo unas galletas buenísimas antes de irse —dijo Spence, confiando en que Maud se levantaría e iría a la cocina—. ¿No quieres comer nada, Maud?

Maud volvió a dar unos toquecitos a la almohada y apoyó la cabeza en ella con aire posesivo. Contempló a Spence sin decir nada.

Este aguardó un poco más para ver si Maud cambiaba de opinión e iba a la cocina, pero no mostraba signos de ir a dejar el cuarto mientras él permaneciera allí. Así que cogió la caja en la que guardaba sus cachivaches y se puso a buscar el mapa de carreteras. Tras sacar todo lo que había en la caja y desperdigarlo por el suelo, encontró el mapa y se lo metió en el bolsillo trasero. Antes de salir al porche volvió a mirar hacia el camastro, pero Maud no había cambiado de postura. Bajó la escalera y se dirigió caminando despacio hacia la casa de Floyd Sharp.

Floyd era el mejor amigo que Spence tenía en Pobre Chico. Era unos cuantos años más joven que Spence, habiendo cumplido los cuarenta y cinco aquel verano, pero mientras que el pelo de Spence se mantenía tupido y negro, el de Floyd se había vuelto gris. Siempre bromeaba acerca de su pelo gris, diciendo que cualquier hombre que tuviera ocho hijas tenía suerte de conservar algo de pelo para que se le volviera gris. Se había mudado allí casi al mismo tiempo que Spence había empezado a trabajar en la fábrica de pólvora. Antes de que la fábrica cerrara, Floyd había vivido en una casa alquilada en el barrio sur; ahora vivía en una pequeña casucha de dos habitaciones que se había construido ilegalmente él mismo en un solar, y no pagaba alquiler.

Todo el mundo coincidía en que había sido Floyd quien había bautizado el barrio como Pobre Chico, porque él había sido el primero en campar por sus fueros y construir una chabola junto al canal. Muy pronto, otros desempleados que no podían pagar el alquiler oyeron hablar de Pobre Chico, y un año después varios cientos de familias vivían allí. El terreno era inestable y húmedo y cada vez que llovía con fuerza el agua desbordaba el arroyo e inundaba patios y calles. Los propietarios de los solares los consideraban sin ningún valor y el municipio se había apropiado de la mayor parte por impago de impuestos. La zona formaba parte del barrio sur, pero la ciudad, que se extendía a lo largo de millas de llanura, no estaba muy interesada en Pobre Chico. Sus habitantes estaban empobrecidos, no podían pagar impuestos y los miembros del consejo municipal no necesitaban sus votos para mantenerse en sus cargos.

En su mayor parte, la gente que vivía en Pobre Chico eran antiguos trabajadores de la fábrica de pólvora que habían sido traídos de Arkansas, Tennessee, Mississippi, Alabama y Georgia. Muchos de ellos habían ganado hasta un dólar y medio a la hora en trabajos semiespecializados durante los dos años en los que la fábrica había estado operativa. Nadie en Pobre Chico sabía por qué habían cerrado la fábrica y retirado la maquinaria. Algunos hombres argumentaban que la fábrica estaba demasiado lejos, tanto de la costa del Atlántico como de la del Pacífico; otros decían que el gobierno había construido demasiadas fábricas como aquella. Pero, cualquiera que fuese la razón, allí se habían quedado varadas cientos de familias. La mayoría de ellas no habían conseguido ahorrar dinero para regresar a sus hogares; otras no tenían suficiente dinero para pagar sus facturas y poder irse de la ciudad. Pianos, radios, automóviles y muebles habían sido vendidos uno a uno durante el año anterior para conseguir dinero para comer. Así que, sin un coche y sin nada que vender, sólo los más dispuestos habían sido capaces de sobrevivir, incluso en Pobre Chico. Diez o doce familias se habían mudado canal abajo, junto al vertedero, donde pasaban el tiempo revolviendo entre la basura y rescatando botellas intactas y restos de metal que vendían a los chatarreros de la ciudad. Tanto Floyd como Spence habían jurado que antes se morirían de hambre que ir a revolver en el vertedero.

Floyd estaba sentado a la sombra de un árbol en su patio cuando Spence atravesó el baldío lleno de matojos que rodeaba la casa. Alzó la vista y le saludó. Tres o cuatro de las niñas de Floyd corrieron a recibir a Spence y le siguieron por el patio. A Spence le parecía que cada vez que iba a visitar a Floyd había una nueva niña rubia gateando entre las otras. Todas eran delgadas y de aspecto famélico, y ninguna de ellas, con excepción de la mayor, parecía superar la altura de una mesa. La mujer de Floyd, Bertha, siempre tenía en brazos un niño de pecho.

—Señor Douthit, deme un penique —suplicó una de las pequeñas tirándole de la pernera del pantalón–. ¡Por favor, señor Douthit!

Spence se soltó de la niña y buscó el cobijo de la sombra, quitándose el sombrero y abanicándose con él la cara sudorosa. Las niñas se apiñaron bajo el árbol y le observaron con curiosidad. Floyd las ahuyentó con un gesto. Se dispersaron como un montón de gallinas pero a los pocos momentos estaban allí de nuevo.

–Como haga un poco más de calor aquí en Pobre Chico –dijo Spence, abanicándose furiosamente– no me sorprendería ver uno de estos días al demonio asomar la cabeza por un agujero y decir que ha venido a instalar su negocio adonde más calor hace.

–No has dicho ninguna mentira –convino Floyd.

La mayor de las niñas de Floyd, Justine, salió de la casa y se dirigió hacia la sombra. Tenía doce años y era la más alta de todas pero no aparentaba más de diez. Justine se detuvo a pocos metros del árbol y contempló a Spence hasta que consiguió atraer su atención. La miró con sopresa. Le estaba haciendo ojitos.

Su padre se levantó de un salto, buscando frenéticamente un palo o una vara, pero antes de que pudiera encontrar nada, la niña corrió a esconderse detrás de la casa. Floyd cogió un puñado de tierra y la arrojó a las niñas que permanecían junto al árbol. Salieron en desbandada hacia la casa.

–¿Qué vas a hacer al respecto de eso, Floyd? –preguntó Spence, volviéndose y mirando hacia la esquina de la cabaña. Se veía asomar la cabeza de Justine, que le miraba–. Para mí que tiene mal aspecto.

Floyd se sentó, pateando el suelo con desaliento.

–Sólo Dios lo sabe –dijo al cabo de un momento.

Floyd había tenido problemas con Justine durante todo el

verano. Se escapaba de casa y mendigaba por las calles. No podía vigilarla cada minuto porque tenía que estar en casa y atender su puesto de refrescos y tabaco. Se había construido un pequeño tendejón frente a la casa, cerca de la calle. Era lo bastante alto para permanecer de pie en él y lo bastante ancho para albergar unas pocas estanterías con tabaco, caramelos y refrescos. No daba mucho dinero, pero los pocos dólares que obtenía cada semana le salvaban a él y a su familia de morir de hambre.

Había intentado no meterse en problemas, y hasta ahora lo había conseguido. Pero el comportamiento de Justine le hacía preguntarse cuánto tiempo más podría mantenerse dentro de la ley. Otros hombres en Pobre Chico vendían marihuana para dar sustento a sus familias y varias mujeres llevaban casas a las que iban los hombres. Sabía que si no lograba sacar a su familia de Pobre Chico o proporcionarles una vida decente, todas sus chicas seguirían los pasos de Justine. Ya la había pillado en casa de Mattie Watson, que sólo estaba a una manzana de allí, fumando un cigarrillo de marihuana con una de las chicas de Mattie. Floyd le había dado una buena tunda al volver a casa, pero sabía que eso no serviría de nada. Ella ya había aprendido, a esas alturas, cómo obtener dinero de los hombres.

Una niña apareció corriendo por la calle y se subió a la barandilla frente al tendejón de Floyd. Este se levantó y fue a atenderla.

—Mi mamá quiere diez centavos de caramelos —le dijo a Floyd—. Dice que le dé todos los que entren por diez centavos, señor Sharp.

Floyd puso varias pastillas de goma en un papel y se las entregó. Ella le puso la moneda en la mano y salió corriendo tan rápido como pudo. Varias de las niñas de Floyd se precipitaron afuera con la esperanza de obtener algún caramelo, pero Floyd las ahuyentó y cerró la puerta.

Spence sintió una mano que le tiraba de la manga y se volvió para ver a Justine de pie junto a él.

—Cuando se vaya a su casa, ¿me dará un cuarto de dólar, señor Douthit? —preguntó en un apresurado susurro, vigilando que su padre no volviera del quiosco—. ¿Lo hará, señor Douthit?

—Vete de aquí —dijo Spence muy nervioso, empujándola.

—Haré lo que sea, señor Douthit —suplicó—. ¡Lo prometo!

Al ver que su padre venía hacia el árbol, inició la retirada. Antes de volverse y echar a correr, le lanzó a Spence una sonrisa y le guiñó un ojo infantilmente.

Floyd cogió un puñado de tierra y se lo arrojó. Spence se sentía abochornado.

—¿Qué te dijo, Spence? —preguntó Floyd con inquietud.

Spence sacudió la cabeza. No se veía capaz de decirle la verdad sobre la chiquilla.

—Nada, Floyd —mintió. Empezó a abanicarse la cara mirando hacia el canal. Floyd le miraba severamente—. Pero creo que si yo fuera tú haría lo posible por ponerla derecha. Una jovencita como esa puede meterse en un montón de problemas. Lo sé porque Mavis debe estar en este momento viviendo a lo salvaje.

—Estoy metido en el peor follón en que puede meterse un hombre —dijo Floyd. Su voz era ronca y áspera—. No sería tan malo si sólo hubiera una, pero ya tengo ocho y otra en camino. Soy capaz de tener diez o doce antes de tirar la toalla —meneó la cabeza con desaliento—. Es este maldito sitio dejado de la mano de Dios. Es Pobre Chico. Y es como si Dios me estuviera castigando por venir a vivir aquí y animar a otros tipos a hacerlo. Si no hubiera venido aquí y construido esa choza no habría Pobre Chico, porque yo fui el primero que vino y hasta el que le puso el nombre. Todo eso está en mi cuenta, Spence. Dios me está castigando por ello.

—Sobre eso ya no puedes hacer nada, Floyd —dijo Spence

compasivamente—. El nombre de Pobre Chico quedará grabado mientras haya gente viviendo en esta parte del mundo.

—Podría hacer algo —insistió Floyd—. Podría prenderle fuego a este lugar. O hacer que la ciudad lo barriera del mapa, o algo.

—Lo mejor que podrías hacer es volver a casa, Floyd. Eso es lo que te sacaría de este lío. Yo hago cuanto puedo, día tras día, por volver a Beaseley County —sacó el mapa de carreteras y se lo alargó a Floyd—. ¿No estarás pensando en largarte sin decírmelo, verdad? Una de tus niñas me dijo que querías que te prestase el mapa.

—No —respondió, tranquilizador—. Es que a veces me entra la añoranza y ver las carreteras me consuela un poco. Si se me ocurriera un medio para volver, seguro que Dios me ayudaría. Por Cristo, Spence, he estado fuera tanto tiempo que empiezo a sentirme como si ya no perteneciera a aquello. Te aseguro que es lo peor que puede sentirse, Spence. ¡Jesucristo, si no lo es!

Una chica alta de unos quince años venía por la calle en dirección a la ciudad. Al pasar frente a la casa sonrió a Spence y a Floyd y aminoró el paso. Iba mejor vestida que la mayoría de las chicas de Pobre Chico y llevaba zapatos de tacón alto. En ese momento caminaba tan despacio que apenas avanzaba, y les miraba con descaro, incitadoramente. Como ninguno de los dos le dirigió la palabra, prosiguió su camino, mirándoles por encima del hombro.

—Esa es la hija de Henry Dudley —dijo Floyd—. Lleva todo el mes pasando por aquí cada tarde sobre esta hora —contemplaron a la muchacha mientras se alejaba hasta que se perdió de vista—. Ni siquiera esperan a que oscurezca —dijo meneando la cabeza—. Se van para la ciudad a media tarde para estar a mano y conseguir compañía. ¡Jesucristo!

Las niñas de Floyd corrían por el patio. Se quedaron mirándolas hasta que desaparecieron por la esquina de la casa. Spence se levantó y se encasquetó el sombrero. El sol iba descendiendo.

—Uno de estos días voy a hacer algo desesperado, Spence —dijo Floyd, mirándole muy serio—. No sé el qué, pero algo. Las cosas no pueden seguir así. Si no se me ocurre algo mejor, voy a llevar a estas niñas mías al canal y ahogar hasta a la última de ellas. La única razón por la que aún no lo he hecho, creo, es porque cada vez que lo pienso me siento triste. Un hombre odia perder todo lo que tiene en el mundo y esas niñas mías son lo único que hasta ahora he tenido en la vida.

Spence se quitó el sombrero y se sentó de nuevo bajo el árbol. No podía marcharse y dejar a Floyd con aquel desánimo.

Capítulo 5

Spencer permaneció sentado bajo el árbol durante una hora más. En ese intervalo, Floyd empezó a sentirse mejor, así que Spence se puso su sombrero, le dijo a Floyd que cuidara sus arrebatos y emprendió el camino a casa. Iba a mitad de camino cuando sintió que alguien le seguía. Se volvió y vio a Justine sonriéndole. Sin decir una palabra, cogió una piedra y se la arrojó. Ella salió corriendo tan rápidamente como pudo.

Cuando dio la vuelta a la esquina, unos minutos después, miró a la calle y vio un pequeño sedán negro aparcado frente a su casa. No se parecía a ninguno de los automóviles que recordara haber visto antes y se escondió a toda prisa detrás de un árbol. El que cobraba el alquiler tenía un cupé marrón, pero no creía que fuera a cambiar de coche para engañarle, incluso a pesar de que debía tres meses de alquiler. Ninguno de sus vecinos poseía un coche ni remotamente tan nuevo como aquel, y lo cierto es que no se le ocurría pensar en nadie del barrio sur que incluso poseyese algún coche.

Mientras observaba la casa desde una distancia de cincuenta yardas, una joven salió al porche y miró a un lado y al otro de la calle, como si buscara a alguien. Spence escondió la cabeza tras el árbol y se mantuvo oculto. Se parecía un poco a una de las maestras que de vez en cuando venían a casa para tratar de averiguar por qué Mavis no iba a la escuela; pero la escuela cerraba en verano y él decidió que tenía que ser otra persona. A esas alturas ya sentía curiosidad por saber quién podría ser y qué querría, y sabía que no iba a poder quedarse allí mucho más tiempo. Echó a andar lentamente calle abajo, fingiendo mirar al frente, pero sin quitarle ojo. Al llegar al porche delantero, la joven le miró. Spence recordó que también debía la factura del agua y decidió que la habrían enviado a causa de eso. Cruzó el patio y llegó al porche.

—Hola, señorita —dijo, quitándose el sombrero.

—¿Es usted el señor Spencer Douthit? —preguntó ella con actitud agradable y formal. Parecía tan amistosa que estaba sorprendido. No se parecía en nada al que cobraba el alquiler ni a otros que venían a que pagase sus deudas. Incluso le sonreía—. Es usted el señor Douthit, ¿verdad? —preguntó insistentemente.

—Así me llaman —admitió de mala gana. Aún no era capaz de decidir si debía tratarla como amiga o como enemiga—. ¿Viene por la factura del agua, señorita?

—No —dijo ella con una rápida sonrisa—. ¿Por qué lo pregunta?

—Oh, simplemente se me ocurrió —dijo él, preguntándose qué podría querer aquella joven.

—¿Va atrasado con la factura del agua?

—Un poco, según he oído.

—Eso es malo —dijo, meneando la cabeza como si fuera culpa de ella que él no hubiese pagado—. Espero que no sea nada que no pueda arreglarse fácilmente.

—No dejo que me preocupe; son otros los que se angustian. Actúan como si el mundo fuera a acabarse si no pagan en cinco minutos.

Ella se sentó y abrió un pequeño maletín. Spence subió la escalera del porche y se sentó al borde de una silla, desde donde podía observarla. Era pequeña y esbelta, como Libby, y llevaba el pelo castaño oscuro cuidadosamente peinado. Sus piernas eran largas y bien formadas y sus rodillas, que eran claramente visibles bajo el dobladillo de la falda, eran pequeñas y redondeadas. Se notaba por su atuendo que venía de otra parte de la ciudad, porque iba mejor vestida que ninguna de las chicas que él hubiera visto en el barrio sur. Calculó que tendría unos veintiún años, posiblemente veintidós.

—Ya conoce a la señora Jouett, según creo —dijo la joven, alzando la cabeza con un rápido movimiento—. La señora Jouett me pidió que...

—¡Claro, esa es la mujer que estuvo ayer merodeando por aquí! —dijo Spence al momento—. ¡La recuerdo! Y, para decir la verdad, señorita, nunca había visto peor ejemplo de hembra en mi vida. Si tuviera que elegir entre dar con ella o con un manzano, escogería siempre el manzano. Bueno, ella no es como usted, señorita. Usted es un regalo para cualquier hombre.

La joven se ruborizó y bajó la vista hasta sus manos. Spence pudo ver que se mordía los labios para disimular una sonrisa.

—Yo soy la señorita Saunders —dijo abruptamente, tratando de que su voz sonara severa—, del Departamento de Bienestar Social. —Depositó el maletín en el suelo y cruzó las piernas—. Me han ordenado que hable con usted, señor Douthit.

Spence abrió la boca para preguntar por qué le habían ordenado que hablara con él, pero en vez de decir algo continuó mirándole las rodillas. La señorita Saunders se arqueó durante un instante y trató de bajarse la falda. Tras algunos tirones al dobladillo, se rindió y descruzó las piernas.

—Vengo a verle por su hija Mavis —dijo la señorita Saunders, haciendo a continuación una momentánea pausa—. Mavis es su hija, ¿no es cierto, señor Douthit?

—Es lo que siempre he pensado —replicó, mirándola.

—Bien, entonces quisiera hacerle algunas preguntas sobre ella, señor Douthit. Quiero que se sienta cómodo hablando conmigo, porque yo estoy aquí para ayudarle. No debe considerarme una extraña que intenta inmiscuirse en sus asuntos privados, sino una amiga sincera y digna de confianza que quiere ayudar a su familia a adaptarse a los complejos patrones de la vida moderna. Durante los ciclos de reajuste económico y social, cada miembro de la unidad familiar debe cooperar a... bueno, a la unidad. ¿Está eso claro, señor Douthit?

—No sabría decirle, señorita —meneó la cabeza lentamente de un lado a otro—. No sé si cojo por dónde quiere ir.

—Déjeme decirlo de otro modo, señor Douthit. Hay ocasiones en las que toda familia se enfrenta cara a cara con problemas provenientes de una mala adaptación a la realidad, cuya causa son los complejos patrones de la vida moderna. Bien, algunas familias alcanzan la armonía por medio de lo que usted llamaría una conferencia familiar, lo que es, por supuesto, el método ideal. Otras, como la suya, por ejemplo, aceptan el consejo del Departamento de Bienestar Social. Todo lo que le pido es que coopere con nosotros... bueno, en eso.

—Bien —dijo Spence—, sucede que ese es justamente el tipo de persona que yo soy. Me gusta tomar parte en todo lo que sucede —la miró vacilante, preguntándose todavía de qué le estaban hablando—. Quizá si me dejara saber de qué se trata podría ayudarla, señorita.

—¡Muy bien, señor Douthit! —dijo ella entusiásticamente—. Sabía que aceptaría cooperar. A ver, Mavis falta de casa desde hace varios días, ¿no es cierto?

—Tres o cuatro, creo.

—¿Ha hecho alguna tentativa por encontrarla y traerla de vuelta a casa?

—No podría hacer eso, señorita, porque no sé dónde buscarla en esta gran ciudad. Si pudiera localizarla, seguro que iría a por ella. Yo y su madre...

La señorita Saunders se inclinó hacia adelante, bajando la voz.

—He intentado hablar con su esposa mientras esperaba a que usted volviese, señor Douthit. No parece estar hoy del todo bien. ¿Se siente deprimida por lo de Mavis?

—Maud ha estado algo mala desde que tomó demasiado tónico la otra noche. No le haga mucho caso, señorita, si actúa de forma extraña. Se le pasará en su momento. Siempre es así.

—Bueno, volviendo a Mavis... —empezó ella.

—Déjeme decirle algo, señorita —la interrumpió—. Toda la culpa de lo de Mavis hay que echársela a Chet Mitchell, el que vive en la casa de al lado. Es culpa suya, pura y simplemente. Si no hubiera sido por Chet, Mavis no se hubiera marchado como lo ha hecho. Yo le tuve el ojo echado todo el verano y puedo decir que él estaba aguardando una oportunidad para pillar a Mavis ahí en su casa. Entonces, hace unos días, mientras yo estaba en el barrio sur, lo hizo.

—¿Qué es lo que hizo, señor Douthit?

Spence vaciló durante unos momentos. Había creído que ella sabía de lo que estaba hablando y la miró con extrañeza. Ella sonrió, alentadoramente.

—Chet Mitchell se la trajinó, eso es —dijo, enojado—. La metió en su casa mientras su mujer estaba en la tienda y yo en la ciudad y se la trajinó como... bueno, como se trajina a una jovencita que te da la oportunidad.

—¿Por qué no le detuvo, señor Douthit? —preguntó ella fríamente.

—¡Detenerle! ¡Cómo le detienes cuando ya está hecho! Ella volvió pavoneándose, diciendo que se largaba a donde pudiera pasárselo bien todo el rato con los hombres. Entonces se largó. Pero pienso ajustarle las cuentas a Chet Mitchell. ¡Sólo espere y ya lo verá!

La señorita Saunders bajó la vista a los papeles que tenía en el regazo. Los fue pasando uno tras otro mientras se mordía los labios pensativamente.

—Señor Douthit —dijo, mirándole directamente a los ojos—. Quisiera hablar con usted con toda franqueza.

—Adelante, señorita —la animó, asintiendo—. Conmigo no tiene que medir las palabras. Estoy acostumbrado a oír todo lo que usted pueda haber escuchado y quizá muchas cosas que no ha escuchado aún. Todo el que ha vivido con Maud tanto tiempo como he hecho yo...

—No me refiero a eso, exactamente —se apresuró a decir—. A lo que me refiero es a que quiero hablar francamente con usted sobre su hija.

—Creo que puedo escuchar todo lo que usted quiera decir —dijo Spence, mirando cómo volvía a cruzar las piernas.

—Mavis está al borde de meterse en serios problemas, señor Douthit —le miró directamente a la cara con un esfuerzo por atraer su atención—. La única razón por la que no hemos tomado aún medidas directas es porque el Departamente de Bienestar Social siempre ofrece a los padres una última oportunidad para ejercer el control de sus hijos. Por eso vino a verle ayer la señora Jouett, y por eso estoy yo aquí ahora. La policía nos hizo llegar un informe sobre Mavis y nosotros dimos inmediatamente los pasos necesarios para encontrar un modo de devolverla a su cuidado. Si ustedes retienen a Mavis en casa, supervisando su vida las veinticuatro horas del día, y le impiden volver a la vida que lleva ahora, nuestro departamento recomendará que se conceda la custodia a sus padres. Mavis tiene trece años y, consecuentemente, es una menor. Si nos vemos forzados a devolver el caso a la policía, la llevarán al juzgado de menores para una vista. Eso significa que, sin la menor duda, la enviarán al Hogar Para Chicas Descarriadas. Todo esto puede evitarse, señor Douthit, si sigue mi consejo. ¿Está ahora claro?

—¿Quiere decir que Mavis está haciendo tonterías, señorita?

—Eso es decirlo muy suavemente, señor Douthit —dijo ella severamente—. Está viviendo la vida de una prostituta.

—¿Y sólo le ha llevado tres o cuatro días llegar a eso?

—Evidentemente.

—Bueno, eso demuestra que sale a su padre, enteramente —dijo Spence, sacudiendo la cabeza categóricamente—. Está claro que es mi hija, más claro que nada. Cuando yo me propongo algo, lo hago a conciencia.

La señorita Saunders guardó silencio y Spence no supo qué decir después de eso. Sabía que ella esperaba que respondiese, pero cuanto más tardaba en hacerlo más confuso se sentía. Cuando Mavis huyó, él tuvo la certeza de que se metería en algún tipo de problemas, pero nunca había podido imaginar que el resultado fueran las visitas a su casa de mujeres como la señora Jouett y la señorita Saunders. Siempre había pensado que cuando la policía arrestaba a una muchacha o a una mujer, simplemente la enviaba al correccional durante treinta días y luego la soltaba.

—¿Está usted seguro de haber entendido la seriedad de la situación, señor Douthit? —le advirtió la joven—. ¿Me he explicado con claridad?

Spence asintió, tomándose su tiempo para responder. Empezaba a pensar que él era más culpable de lo que había sucedido que Chet Mitchell.

—Si únicamente pudiera llevar a mi familia de vuelta a Beaseley County, no habría ninguno de estos problemas —dijo con pesar—. Mi hija mayor, Libby, se marcha para allá y el resto de nosotros nos quedaremos tirados aquí abajo para siempre. No creo que fuera justo tratar de disuadirla porque ella tiene el corazón puesto en casarse con Jim Howard Vance. Pero igualmente va a marcharse, dejándonos a mí y a su madre y a Mavis metidos en un buen follón.

—Creo que sé cómo se siente, señor Douthit —dijo ella, inclinándose hacia él comprensivamente—. No es usted el único hombre con familia que quiere marcharse, pero no tiene los fondos necesarios. Es algo bastante común en estos días. Pese a que no faltan ofertas de empleo, hay muchos hombres que ya no están en condiciones físicas para hacer trabajos duros y extenuantes. Sería diferente si estuviese usted especializado en algún oficio, porque hay mucha demanda de trabajo especializado, pero me temo que es demasiado tarde para aprender un oficio tratándose de un hombre de su edad. Tenemos en nuestras listas cientos de familias que no han sido capaces de hacer los ajustes sociales y económicos que resultan necesarios en la vida moderna. Además, los hombres que están acostumbrados a un entorno rural a veces no consiguen adaptarse a la vida urbana. En la mente de esos hombres hay a menudo un resentimiento psicológico contra las condiciones de vida y las aglomeraciones de la ciudad, y la añoranza y el ansia de un escenario familiar impiden la adaptación definitiva. Nosotros, que hemos estudiado estas cosas, reconocemos este complejo patrón en la vida moderna. Ahora bien, en tanto puedan regresar a sus antiguos hogares, lo mejor que podemos hacer es tratar de salvar a los niños, especialmente a las jovencitas. Quiero que usted sepa que lo lamento de verdad, y que quiero hacer todo lo posible por ayudarle.

—No es culpa mía, señorita —dijo—. Sólo es que parece que ya no puedo ganarme la vida aquí como lo hacía cuando la fábrica de pólvora estaba en funcionamiento y que las muchachitas como Mavis ya no se conforman con sentarse tranquilas una vez que han descubierto que pueden sacar dinero en las calles para comprarse ropa nueva y todas esas chucherías que les gustan a las muchachitas. Le he dado vueltas y más vueltas buscando la manera de irnos de aquí antes de que Mavis se lanzara a la vida loca, como parecía que iba a ocurrir, pero me ha cogido el tren y ahora ya ha ocurrido. Ahora bien, si no hubiese sido por Pobre Chico, no habría ocurrido tan pronto. Le echo toda la culpa a Pobre Chico. No es más que un profundo y sucio agujero para gente pobre como nosotros, y cada vez se ensucia más y más. Pero tendrá que seguir habiendo Pobre Chicos en el mundo, creo yo, o la gente como yo no tendría un sitio donde vivir.

—Uno de estos días eliminaremos tales condiciones por completo, señor Douthit. Estoy de acuerdo con usted en que Pobre Chico es una desgracia. La mayor parte de la delincuencia de la ciudad se fragua aquí. Si por mi fuera, le prendería fuego hasta borrarlo del mapa.

—No vayan a hacer eso, señorita —dijo él con una mirada atónita—. Si quemara las casas y las chabolas no tendríamos a dónde ir. Estaríamos peor que al principio.

—Me refiero a su debido tiempo, por supuesto —dijo la joven—. Luego levantaríamos grupos de viviendas modélicas, con parques y zonas de juegos. Sería una ciudad jardín.

—Eso no me ayudaría si tengo que pagar el alquiler, señorita. Los tipos como Floyd Sharp y como yo no podríamos quedarnos. Tendríamos que irnos y buscar otro Pobre Chico en alguna parte.

Maud se había asomado a la puerta y estaba mirando a la señorita Saunders. Spence alzó la vista.

—¿Quién es esta? —preguntó Maud con aspereza.

—Bueno, es la señora que viene a ayudarnos —dijo él rápidamente—. Va ayudarnos a que Mavis vuelva a casa.

—¿Por qué querría hacer eso?

—No lo sé, salvo que su trabajo es ayudar a gente como nosotros.

—A mí me parece una de esas mujeres que venden corbatas.[2]

La señorita Saunders se levantó y cruzó el porche para dirigirse a donde estaba Maud. Le sonrió y le tendió la mano. Maud la ignoró.

—Soy la señorita Saunders —dijo la joven, incómoda—. He estado hablando con su marido, señora Douthit.

—Ya hablo yo con él cuanto es necesario —dijo Maud de mala manera, retrocediendo y mirando a la señorita Saunders de arriba a abajo con ojos críticos y suspicaces. La señorita Saunders se ajustó la falda a toda prisa—. No me gusta ver a vendedoras de corbatas rondando por aquí y tratando de engatusarle a mis espaldas —dijo Maud alzando la voz.

—Pero usted no lo entiende, señora Douthit —protestó la señorita Saunders—. Estoy aquí oficialmente, como representante del Departamento de Bienestar Social. Queremos ayudar a su familia a adaptarse a los complejos patrones de la vida moderna.

Maud le echó una mirada gélida.

—Maud —dijo Spence—, no hay nada por lo que preocuparse. Esta señora no viene a lo que tú te figuras...

—Yo me figuro lo que quiero —estalló Maud con voz aguda y altanera. Se volvió y miró a la señorita Saunders—. ¡Ahora lárgate, hermana, mientras puedas!

La señorita Saunders juntó a toda prisa sus papeles y su maletín e inició la retirada hacia la escalera.

—Señora Douthit, lo justo sería que me permitiera explicarle por qué estoy aquí —dijo.

—¡Ya me has oído la primera vez, hermana!

2. No estaría de más recordar, para entender la reacción de Maud, que en otra novela de Caldwell, *Un muchacho de Georgia* (Navona, 2009), una vendedora de corbatas bastante descarada trata de engatusar al padre de familia, que a su vez intenta seducirla. (N. del T.)

La señorita Saunders se detuvo al llegar a la escalera.

—Tengo un deber sagrado que cumplir —dijo, mirando directamente a Maud—. La señora Jouett me ha asignado el deber de ajustar sus vidas a los complejos patrones de la vida moderna. Nada de lo que usted pueda decir me apartará de cumplir con mi deber, señora Douthit. ¡Nada!

—¡Será mejor que haga cumplir a ese culito calle adelante! —gritó Maud.

La señorita Saunders miró frenéticamente a su alrededor y bajó el porche de un salto hasta el patio. Se detuvo y miró a Spence, que retrocedía hacia la calle, como apelando a él.

—No permito que ninguna mujer venga por aquí a engatusar a nadie —dijo Maud sin alterarse.

—Oye, Maud, no deberías perder los estribos de ese modo —dijo Spence—. Esta señora de aquí tiene manera de ayudarnos. No anda rondando para nada de lo que piensas —Spence se volvió hacia la señorita Saunders—. ¿No es cierto, señorita?

—Sí —dijo ella tragando saliva con dificultad—. Es cierto.

Maud se asomó al borde del porche.

—¡Abre otra vez esa boca tuya de frescachona, querida, y te arrancaré esas suaves tetas y las arrojaré al infierno!

Maud la miraba amenazadoramente y la señorita Saunders apretó fuertemente el maletín bajo el brazo. Sus manos temblaban tan violentamente que perdió el control de sus movimientos.

—¿Es que estás sorda? —dijo Maud—. ¡Ya me has oído!

Spence seguía retrocediendo hacia la calle mientras veía a Maud descender hasta la mitad de la escalera.

—¡Estoy más que harta de encontrar a guarronas como tú por aquí! —le gritó Maud a la señorita Saunders. Esta dio media vuelta y salió a toda prisa por el camino—. ¡Muy bien! ¡Será mejor que corras! ¡Si alguna vez te pongo las manos encima vas a olvidarte del puterío!

Maud aguardó a que la señorita Saunders alcanzara la calle y entonces, escupiendo con desprecio, se volvió y se metió en casa.

Spence vio a la señorita Saunders apresurándose a introducirse en su coche y cruzó corriendo el patio para alcanzarla.

—Señorita, no le haga ningún caso a Maud —suplicó con ansiedad—. Siempre habla más de la cuenta, pero no hay por qué preocuparse. Es sólo que no tiene pelos en la lengua.

La señorita Saunders no miraba a Spence; tenía los ojos fijos en la puerta principal. Spence metió la cabeza por la ventanilla y agarró el volante para impedir que se marchara.

—En cuanto a Mavis... —dijo muy nervioso.

—Esto es horrible —dijo ella, mirando a Spence. Su cara estaba pálida de miedo—. Nunca me habían mortificado tanto en toda mi vida. Cuando me formaba en asistencia social nunca se mencionó nada como esto. Nunca soñé que el trabajo social fuera a ponerme en contacto con gente como ella. Me temo que he escogido el trabajado equivocado... ¡Nunca, *nunca* me acostumbraré a esa clase de lenguaje, señor Douthit! Oh, qué voy a hacer. ¡Qué voy a hacer! ¡Estoy tan hundida! ¡Nadie me había hablado así en toda mi vida!

—No abandone, señorita, hasta que nos haya ayudado como dijo que lo haría —suplicó Spence—. Cuento con ello desde que hablamos hace un rato. ¡Por favor, no abandone, señorita! ¡No sería justo después de darme tantas esperanzas!

—Si yo supiera que su esposa es una excepción...

—¡Maud es la mayor excepción que haya cruzado esa calle, señorita! No se preocupe. Además, no tendrá que vérselas con nadie más en toda la tierra como Maud. Ella siempre ha sido diferente de casi todas las demás mujeres.

La señorita Saunders se mordió los labios dándose cuenta

de que tenía que tomar una decisión. Spence la miraba con ansiedad.

—Bueno —dijo lanzando un hondo suspiro—, ¿me promete hablar con Mavis, señor Douthit? ¿E intentar que se quede en casa bajo su tutela?

—Le aseguro que haré todo lo que pueda, señorita —dijo solemnemente.

—De acuerdo, entonces —dijo ella. Arrancó una hoja de su cuaderno y escribió varias palabras en ella—. Bien, aquí es donde puede encontrarla. Coja el autobús hasta el extrarradio de la ciudad, bájese en la última parada y camine por la carretera unas cien yardas. Verá el cartel a la entrada.

Spence estudió el papelito atentamente, deletreando las palabras.

—¡Vaya, si yo he oído hablar de El Pavo Blanco! —exclamó con sorpresa— ¿Seguro que es allí donde está Mavis?

La señorita Saunders asintió y arrancó el motor.

—¡Vaya, que me aspen! —dijo—. ¡He oído hablar mucho de ese lugar, pero nunca pensé que acabaría conociéndolo! Me han dicho que es realmente un sitio de primera categoría.

—No olvide cuál es su propósito cuando vaya allí, señor Douthit. Confío en que traiga a Mavis a casa con usted. ¿Lo ha entendido bien?

—Nada podrá ir mal, señorita —le aseguró, soltando el volante—. No se preocupe.

—Tengo que volver para completar mi informe —dijo ella, suspirando. Miró hacia la casa—. Pero cuando vuelva, preferiría encontrarme con usted en la calle, señor Douthit. No creo que fuera prudente acercarse más. Su mujer está realmente afectada.

—A Maud se le habrá pasado la vena la próxima vez que venga —le dijo—. Le viene y se le va todo el tiempo.

—¡Espero realmente que así sea! —dijo mientras el coche se ponía en marcha—. ¡Adiós, señor Douthit!

Él se quedó a observar cómo el automóvil desaparecía al dar la vuelta a la esquina antes de mirar el papelito que tenía en la mano y deletrear de nuevo las palabras.

Capítulo 6

Durante un largo rato, tras la marcha de la señorita Saunders, Spence permaneció sentado en el porche pensando en todo lo que la joven había dicho y preguntándose por qué una persona como ella, a la que nunca había visto antes en toda su vida, se tomaría tanto interés en sus problemas y se ofrecería a ayudarle, cuando al mismo tiempo el mundo estaba lleno de gente, como los tenderos o los que cobraban el alquiler, que no perderían el tiempo ni en escucharle. Aparte de Floyd Sharp, que le daría a Spence su último centavo si pensara que Spence lo necesitaba más que él, nadie se había mostrado jamás comprensivo con él y mucho menos se había ofrecido a prestarle ninguna clase de ayuda. La señora Jouett era una metomentodo con el corazón de pedernal; la señorita Saunders era amable y bondadosa.

Cuando se mudaron allí, se encontró las puertas abiertas a donde quiera que fuese. Los tenderos le saludaban cuando pasaba por la calle, e incluso le ofrecían por propia iniciativa llevarse cuanto quisiera a crédito. Los que cobraban el alquiler nunca le presionaban cuando se retrasaba un mes o dos y llegaban a decirle que no había prisa en el pago. Hasta le compró un coche de segunda mano a un vendedor que no pidió más garantías que su firma y la de Maud garabateadas en un trozo de papel. Todo eso sucedía, por supuesto, porque trabajaba en la fábrica de pólvora y se llevaba sesenta y dos dólares con cincuenta centavos todos los martes. Era la época en la que Spence pensaba que no había mejor gente en toda la tierra que los ciudanos del barrio sur. Entonces la fábrica cerró y él se quedó sin trabajo y la actitud de todos ellos pareció cambiar de un día para otro. El coche, al igual que los muebles, se lo embargaron; el que cobraba el alquiler empezó a venir cada pocos días amenazándole con el deshaucio; y cuando él y su familia empezaron a pasar hambre, los tenderos rehusaron darle más comida a crédito.

Desde entonces, las cosas habían ido poniéndose cada vez peor. Cuando veía por la calle a alguien que alguna vez se había mostrado cordial y amigable, sabía lo que esa persona estaría pensando: se preguntaría durante cuánto tiempo más soportaría la ciudad a esos ladrones, desharrapados y buscavidas de Pobre Chico. A Spence no le hacía falta que le dijeran que ya no era bienvenido allí; podía leer un abierto antagonismo prácticamente en cada rostro que veía. Una vez pasó junto a un grupo de oficinistas que hablaban frente a una farmacia y alcanzó a oír parte de su conversación. «¿Cuánto tiempo vamos a soportar a esos asquerosos bastardos de Pobre Chico?», preguntó un hombre. «No puedo responder a eso», dijo otro, «pero puedo decirte algo. Si no nos libramos pronto de esos hijoputas, voy a ir una noche y voy a poner una carga de dinamita bajo cada chabola de ese lugar. Y cuando estalle, enviará lo que quede de esos bastardos lejos de la ciudad». Ninguno de los hombres había reconocido a Spence y este permaneció durante varios minutos en la esquina, escuchando. «Lo gracioso del caso es que solía haber un montón de buena gente viviendo allí antes de que esa gentuza se trasladara y le pusiera el nombre de Pobre Chico», dijo otro hombre. «La diferencia es que aquellos eran nuestros propios pobres, y no esos vagabundos del país de las colinas». Spence se alejó de allí preguntándose qué harían esos hombres si perdieran sus empleos y todas sus posesiones y tuvieran que mudarse a Pobre Chico. Sólo el pensar que eso podría suceder le hacía sentirse mucho mejor; pues, después de todo, él tenía Beaseley County para volver.

Ya se había puesto el sol cuando Spence se levantó de su silla en el porche y entró en casa. El calor del día aún se aferraba a las paredes y techos, pero la brisa vespertina del Golfo soplaba a través de las puertas y las ventanas abiertas. Maud, completamente despabilada, se hallaba sentada en su camastro y apoyaba la cabeza y los hombros contra la pared. Le miró varias veces mientras cruzaba el cuarto. Finalmente, Spence se sentó en la silla junto a ella.

—Voy a ir en busca de Mavis —le dijo. Hizo una pausa y esperó a que ella hiciera algún comentario. Maud le miró con indiferencia—. Pienso encontrarla y traerla de vuelta a casa, Maud. Por supuesto, llevará tiempo localizarla, pero la traeré cueste lo que cueste.

Maud seguía sin decir nada. Spence esperaba que la perspectiva de traer a Mavis a casa pusiera a Maud en mejor disposición para la sugerencia que iba a hacer a renglón seguido. Sabía que Maud tenía dinero, porque estaba seguro de que Libby había dejado algo bajo la almohada aquella mañana, pero sabía, también, que ella sospechaba que él iba a intentar hacerse con una buena parte de él. Le miró fríamente.

—Va a ser estupendo volver a tener a Mavis en casa —dijo Spence, hablando consigo mismo—. Estará agotada y contenta de verte. Una chica como Mavis tiene que echar de menos a su madre más que muchas otras. En muchos aspectos, aún es un bebé. ¿No es así, Maud?

Maud siguió mirándole con suspicacia.

—Hay una buena tirada de autobús hasta el lugar en el que está y debo ponerme en marcha antes de que sea demasiado tarde. Probablemente tendrá hambre cuando la encuentre y tengo que poder proporcionarle algo de comer. No querría que volviese con hambre. ¿Tú sí, Maud?

Spence miró a Maud con un rápido movimiento de cabeza, pero cuando sus ojos encontraron su severa e implacable mirada no encontró en su expresión el menor aliento. Pensó en todas las veces que en el pasado había intentado persuadir a Maud de que le diera algo del dinero que Libby le había dejado, pero ningún argumento que hubiera usado previamente parecía ser apropiado ahora. Permaneció allí sentado pensando durante un largo espacio, buscando ardientemente en su cabeza algo que pudiera conmover el duro corazón de Maud. Lentamente, una sonrisa se dibujó en su cara.

—Sabes, Maud —dijo cavilosamente—. He estado dándole muchas vueltas desde que Mavis se marchó y que me aspen si no tengo razón. No creo que se me hubiera ocurrido de no haber sido por lo que sucedió aquí ayer por la tarde.

Hizo una pausa prolongada y miró a Maud, asintiendo para sí mismo con convicción. Maud no pudo reprimir su curiosidad.

—¿De qué estás hablando, Spence?

—Cuanto más lo pienso, mejor me parece.

—¿El qué, Spence?

—Y no será muy difícil, tampoco.

Maud se incorporó y le agarró el brazo. Lo sacudió resueltamente.

—¿No vas a contármelo, Spence? —suplicó.

Spence la miró brevemente y se puso en pie.

—Maldita sea, ¿cómo no se me ocurrió antes? —dijo para sí mismo. Se palmeó el muslo con fuerza.

—¿Se trata de Mavis, Spence?

Él recorrió el cuarto varias veces de un lado a otro, volviendo finalmente hacia el camastro y mirando a Maud pensativamente. Asintió como si sólo en ese momento hubiera encontrado tiempo para contestar su pregunta.

—¿Qué pasa con ella, Spence?

—Vamos a casar a Mavis con alguien, igual que Libby se va a casar con Jim Howard —le dijo, sentándose junto a ella—. Pero esta vez encontraremos a alguien que tenga algo de dinero o un trabajo bien pagado. Luego, tan pronto como se case, dejaremos que él nos proporcione el dinero para volver a casa. No resultará muy difícil porque hay un montón de tipos que podrían animarse a casarse con Mavis. Es lo bastante joven para satisfacer al más exigente y, habiendo estado por ahí como ha estado, habrá aprendido un montón de truquitos muy convenientes para ella. Ahora parece que fue para bien lo que le hizo Chet Mitchell, después de todo, porque, si no lo hubiera hecho, a Mavis no se le habría metido en la cabeza lo de escaparse y a mí nunca se me hubiera ocurrido esto. Pero da igual: eso no va a impedirme ajustarle las cuentas, porque eso es lo que hay que hacer.

Cuando se detuvo para recobrar el aliento y ver el efecto que había producido en Maud, pudo comprobar al instante que ella estaba valorando la propuesta. Ya no le miraba con ojos vidriosos, como diciendo que no había nada que él pudiera decir para engañarla; en vez de eso, parecía estar pensando seriamente en el asunto. Mientras la miraba, se dio cuenta de que también él estaba tomándoselo en serio, y cuanto más tiempo permanecía allí sentado más se convencía de que algo podía hacerse.

—¿Conoces a alguien que quiera casarse con ella? —preguntó Maud.

—No, así de pronto no, pero con todos los hombres que hay por aquí seguro que aparece uno en un plis plas —dijo excitado—. No habrá muchos que puedan resistirse, especialmente cualquiera que esté deseando casarse con alguien tan joven como Mavis. No hay muchas tan jóvenes como ella. Va a ser facilísimo.

—¿Cómo nos aseguraremos de que tenga dinero?

—Me aseguraré de eso antes de dejar que se encapriche con él. Además, le advertiré a ella de que enamorarse de un hombre rico no es muy diferente de enamorarse de uno pobre, excepto que el rico esperará algo más por su dinero. En cualquier caso, tan fácil es para una mujer tener algo para lucirse a cambio de que la manoseen un poco como acabar sin nada.

—Es una pena no haber sabido eso hace veinticinco años —dijo Maud amargamente—. En vez de estar en donde estoy ahora, estaría viviendo como una reina.

Spence se levantó y sacó una camisa más limpia que la que llevaba. Después de cambiarse, se mojó el pelo con agua y se lo peinó con el cepillo de Maud.

—Ahora debes darme algo de ese dinero, Maud —dijo con convicción—. Lo necesitaré si tengo que empezar con buen pie.

Se aproximó al camastro y extendió la mano.

—Como te gastes todo mi dinero y yo descubra que esto no es más que un truco, no me sacarás un penique más mientras viva —le advirtió—. ¡Bien, estoy diciendo exactamente lo que estoy diciendo, Spence Douthit!

—Oh, no hay nada de que preocuparse, Maud —dijo, extendiendo la palma de la mano ante ella y aguardando—. Estoy decidido a casar a Mavis. Eso hará que podamos volver a Beaseley County.

Maud metió la mano bajo la almohada y sacó cinco dólares. Los miró como meditando si estaba haciendo lo correcto o no.

Spence se apoderó de ellos antes de que pudiera cambiar de opinión y se los metió en el bolsillo.

—Ahora descansa y no te preocupes por nada, Maud —dijo con dulzura—. Esto va a resultar tal como te lo he explicado. Estaré aquí de vuelta con Mavis antes de que te des cuenta.

Sin perder más tiempo, se puso el sombrero y salió de la casa. Mientras bajaba por la calle hacia la parada del autobús, no dejó de pensar en la posibilidad de encontrar a alguien que se casara con Mavis y para cuando llegó a la parada estaba convencido de que podría hacerse.

Fue un largo trayecto a través de la ciudad y tuvo que cambiar dos veces de autobús, una en el barrio sur y otra vez en la estación central. Encontrar los autobuses correctos y discutir con los conductores sobre los transbordos le había dejado exhausto, y para cuando atisbó el final de la línea en el extrarradio de la ciudad se sentía igual que tras una jornada de trabajo.

Todos los demás pasajeros se levantaron y se internaron en la noche tan pronto como el autobús se detuvo. La mayoría eran empleados y oficinistas que tenían prisa por llegar a casa y cenar, y Spence, poco acostumbrado a empujones y apreturas, esperó a que todos hubieran salido antes de acercarse a la puerta. Cuando lo hizo, el conductor estaba contando el dinero y anotando cifras en un librito rojo.

Spence le dio con el codo.

—Ese es el sitio, bajando la carretera, ¿verdad, hijo? —preguntó—. ¿No está ahí El Pavo Blanco?

El conductor apartó su libro de cuentas y le miró. Era un joven de unos veintidós o veinticuatro años, con un pequeño bigote marrón. Sacó un cigarrillo y lo encendió.

—Seguro, amigo —dijo, asintiendo y expulsando el humo—. ¿Su primer viaje, eh?

—Es la primera vez que me acerco a este sitio —dijo Spence—. No habría venido si la señorita Saunders no me hubiera puesto sobre la pista. He oído hablar de El Pavo Blanco durante mucho tiempo pero nunca me imaginé que acabaría viniendo aquí.

—¿Quién es ella, amigo? ¿Una de las chicas?

—¿Quién, la señorita Saunders? No exactamente, no lo creo. Pero habla como si supiera mucho del asunto.

El conductor chupó el cigarrillo varias veces en rápida sucesión, llenando el aire de humo. Spence empezó a descender la escalerilla.

—Bueno, tómeselo con calma, amigo —le advirtió a Spence—. No deje que las chicas le estafen.

Spence se volvió y miró al muchacho a través de la puerta. Emitió una risita, meneando la cabeza.

—No tengo que preocuparme, hijo —respondió—. Mi hija trabaja ahí en El Pavo Blanco.

El conductor abrió la boca como si fuera a hablar, pero pasaron varios momentos y no dijo nada.

—¡Bueno, que el diablo me lleve! —exclamó al fin, mirando fijamente a Spence—. ¡Quizá tenga usted razón y yo no, amigo!

Spence estaba a punto de echar a andar por la carretera cuando recordó lo que había planeado. Dio la vuelta y se apoyó en la puerta.

—Gana un buen salario conduciendo un autobús, ¿verdad, hijo? —preguntó.

—No está mal —replicó el joven—. Podría ser peor.

—¿Qué le parecería casarse?

—Algún día, amigo. No hay ninguna prisa. Me lo paso muy bien tal como estoy.

—¿No le gustaría casarse con una bonita chica que le tratara de primera y hacerlo ya?

El conductor apuró el cigarrillo con varias chupadas y arrojó la colina afuera, por encima de la cabeza de Spence.

—¿Cuál es la trampa, amigo?

—No hay ninguna trampa, hijo —dijo Spence, esperanzado—. Si usted quisiera, puedo arreglarlo en nada de tiempo. Sólo tiene que decir una palabra y me pondré a ello.

—Debe tener algo demasiado caliente como para manejarlo usted solito.

—Sólo trato de hacerle un favor, hijo.

—¡Oiga! Ha perdido un tornillo, amigo —rió—. ¿Qué intenta hacer, venderme una novia por correo?

—Es Mavis... mi hija —dijo Spence rápidamente.

—¿La que dijo que trabajaba en El Pavo Blanco?

—¡Seguro, ella misma! Bien, ¿qué le parece, hijo?

—¡Amigo, tiene que estar chiflado si piensa que me casaría con una de esas damiselas! —gritó a través de la puerta—. ¡Me las arreglaré de otra manera!

Spence se quedó mirando cómo el autobús giraba y salía rugiendo en dirección a la ciudad. Cuando sus luces rojas y verdes desaparecieron en la noche, emprendió el camino hacia el pequeño letrero luminoso situado a unas cien yardas más allá. A medida que se aproximaba al largo edificio bajo, pudo ver quince o veinte automóviles aparcados a cada lado del mismo. Varios hombres salieron de un coche y entraron en el local.

Fue hasta la entrada y empujó la puerta. Un brillante foco, apuntándole directamente a los ojos, le deslumbró momentáneamente. Poniéndose ambas manos de pantalla, cruzó la puerta y entró en un estrecho recibidor. Alguien apareció entre las sombras y le cogió por el brazo. Spence pudo distinguir un rostro duro, de labios apretados, que le miraba, y luego una segunda cara, oscura y marcada con cicatrices, apareció ante él.

—¿Cómo se llama? —preguntó uno de los hombres con rudeza.

—Bueno, soy Spence Douthit.

—¿De dónde viene?

—Bueno, vivo allá en el barrio sur.

—¿Cómo se gana la vida?

—Solía trabajar en la fábrica de pólvora antes de que cerrase —dijo Spence.

Uno de los hombres lo empujó bajo el foco.

—Este es un club privado sólo para miembros —dijo el hombre de la cara marcada.

—Oh, eso está muy bien —dijo Spence—. Yo voy de vez en cuando a lo de Bill Tarrant allá en el barrio sur. También es un club privado.

—Regístrale, Jake —dijo el hombre de la cara marcada—. ¿Lleva una pistola o un cuchillo? —preguntó a Spence.

—Claro que no —dijo Spence.

Dejó que le cachearan bajo los brazos, en las caderas y en las piernas.

—Está limpio —dijo el hombre de los labios apretados.

—De acuerdo, amigo —le dijo el otro a Spence, dándole un empujón—. Puede entrar.

Spence cruzó la puerta tropezando y fue a dar a un amplio salón que olía fuertemente a tabaco, cerveza y cuerpos sudados. De una máquina de discos que brillaba con luces de colores cambiantes llegaba una música muy alta, que trepidaba en los oídos. Se abrió paso hacia el bar, al fondo, entre el tropel de hombres. Muchos de ellos llevaban camisas deportivas de manga corta y cuello abierto, aunque unos pocos vestían trajes ligeros muy caros. A Spence le pareció que habría al menos setenta u ochenta hombres en el salón y le asombró ver tal muchedumbre. En lo de Bill Tarrant raramente había más de treinta o cuarenta hombres.

Aún intentaba abrirse paso entre la multitud cuando sintió que alguien se apretaba contra él. Cuando miró para ver quien era, le sorprendió ver a una jovencita sonriéndole. Spence juzgó que tendría quince o dieciséis años, aunque la manera en que se había recogido el pelo sobre la cabeza la hacía parecer varios años mayor. Spence retrocedió mientras ella seguía apretando su cuerpo contra el suyo. Nunca en su vida había visto a una chica en público con tan poca ropa y tan inapropiada. Su vestido no empezaba realmente hasta la cintura y de ahí caía al suelo, pero también se le bajaba por delante. Se había echado por encima del hombro una pañoleta de encaje, como si no supiera muy bien qué hacer con ella, pero Spence la consideró superflua, vista la función que hacía. Se quedó mirando con la boca abierta su cuerpo desnudo. Allá en Pobre Chico, en las calurosas tardes de mitad del verano, cuando la temperatura era insoportable, Maud y Myrt y Libby y Mavis, como la mayoría de las chicas y las mujeres, no daban la menor importancia a andar desnudas por casa, porque era la única manera de que su ropa no se empapara de sudor, pero ninguna había salido jamás a la calle o se había mostrado en público sin ponerse toda su ropa.

—¿Estás solo, muchachote? —preguntó la chica, poniéndole una mano en el hombro y apoyándose en él mientras batía las pestañas tentadoramente.

—Bueno, la verdad, no sé nada de eso —dijo, mirándola incómodo—. Cuando llegué hace un momento no se me ocurrió pensar en ello.

—Pero podrías, ¿verdad, muchachote? —dijo ella apretando la rodilla en su pierna.

—No está muy lejos de la verdad, en cualquier caso.

—¿Qué tal una pequeña fiesta conmigo? ¿Eh?

—Bueno, no había pensado mucho en eso, pero...

Miró a su alrededor con incomodidad. Había hombres de pie a sólo unos metros y le sorprendía que no prestaran atención a la muchacha.

—¿Pero qué? —preguntó ella.

—Bueno, es algo que no costaría mucho pensarlo —dijo.

Ella deslizó su brazo y se apoyó en él íntimamente. Spence le miró el pecho.

—¿Qué ocurre, muchachote? —preguntó ella, sacudiendo el brazo.

—Señorita, quizá no sea asunto mío —dijo, inclinándose muy cerca de ella y bajando la voz para que nadie pudiera oírle—. Quizá no sea asunto mío, pero lleva las tetas al aire.

Ella retrocedió, apartando su brazo del suyo y le miró con extrañeza durante un momento. Luego estalló súbitamente en grandes carcajadas.

Spence se sintió violento e incómodo. Estaba seguro de que todo el mundo en el salón se reía de él. Miró apresuradamente a los hombres que estaban más cerca, los cuales ni siquiera miraban en su dirección; y cuando se volvió para mirar a la chica, esta ya se había ido. La vio corriendo hacia otra chica que estaba de pie junto a la puerta. Aún riendo, señaló a Spence. Este dio media vuelta y se abrió paso entre la multitud hasta el otro extremo del salón tan rápidamente como pudo. La música de la máquina de discos comenzó de nuevo y se alegró de no tener que ver a las muchachas ni escuchar su risa. Se hizo un sitio en la barra donde podía estar completamente fuera de la vista.

Capítulo 7

—Póngame un *bourbon* y una cerveza —le dijo Spence al hombre de voluminosa calva que había tras la barra. Puso un ajado billete de un dólar sobre la húmeda madera y alisó sus arrugas con los dedos.

El camarero le echó un buen vistazo a Spence.

—¿De dónde viene, amigo? —preguntó—. No recuerdo haberle visto antes por aquí.

—Vivo allá en el barrio sur —le dijo Spence, empujando el dólar a través de la barra—. Mejor que el *bourbon* sea doble y la cerveza en jarra.

—Quizá no vuelva a verle por aquí —dijo el camarero, asintiendo con la cabeza. Sacó una botella y un vaso y sirvió la cerveza. Luego cogió el dólar de Spence y lo metió en la caja registradora—. Pero si está hecho a ello, amigo, no es asunto mío cómo lo beba. Me pagan por atender el bar, no por dar consejos.

Le regaló a Spence un último asentimiento de simpatía y se alejó hasta el extremo de la barra para esperar a otros clientes. Spence se bebió el *bourbon* y la cerveza y rápidamente se rellenó el vaso. Un momento después, el camararo volvió y puso la botella en el estante.

—Siempre dejamos que los clientes nuevos repitan una vez —dijo, mirando a Spence con intención—. El jefe dice que es bueno para el negocio... ¡sólo una vez!

Apoyó un codo en la barra y miró a Spence.

—Que me aspen si no es la primera vez en mi vida que veo tantas jovencitas vestidas sólo con parte de la ropa —dijo Spence, abarcando con un movimiento del brazo todo el salón—. ¿Cómo demonios lo resiste, compañero?

El camarero apoyó ambos codos en la barra y se inclinó hacia delante. Le dio a Spence un golpecito con el dedo.

—Verá, se acostumbra uno —dijo—. Es como cualquier otra cosa de la vida que hayas visto las veces suficientes. Después de un tiempo de ver estas cosas eres como el granjero que se pasea por su campo de maíz y tiende un oído aquí y otro oído allá para ver cómo crece la cosecha. ¿Se da cuenta de lo que quiero decir, amigo?

Le guiñó un ojo a Spence, agitando la cabeza con un asentimiento simpático. Spence bebió un sorbo de *bourbon*.

—Antes —dijo el camarero, abarcando con la vista todo el bar y pasándose la mano por la calva— solía haber dos tipos de mujeres: las malas y las buenas. Hoy en día sólo las hay de un tipo: buenas y malas —siguió asintiendo con fuertes cabezazos—. ¿Se da cuenta de lo que quiero decir, amigo?

Antes de que Spence tuviera oportunidad de decir algo, el camarero empezó a darle golpecitos en el brazo.

—A los padres ya no parece importarles un pepino lo que les pase a sus hijas —decía—. Da la impresión de que para lo único que crían hijas es para convertirlas en putas en cuanto son lo bastante mayores para arreglárselas —meneó tristemente la cabeza—. Las cosas no eran así cuando yo era niño. En aquellos días la gente estaba muy orgullosa de sus hijos y las únicas mujeres que encontrabas en un sitio como este eran esas viejas putas de tetas duras. ¡Ahora mire a esas crías! No deberían estar ahí. Deberían estar en sus casas. Pero, amigo, los hombres con hijas jóvenes andan por ahí todas las noches metiéndoles mano a las hijas jóvenes de otros hombres, y están tan ocupados haciéndolo que no tienen tiempo para saber qué demonios hacen las suyas.

—Sé lo que quiere decir —dijo Spence, asintiendo, totalmente de acuerdo—, porque yo tengo dos. La más joven acaba de cumplir trece años y he estado partiéndome el cerebro para encontrar un modo de que... —se detuvo y miró al camarero calvo con la boca abierta.

—¿Algo va mal? —preguntó este, volviéndose y mirándose en el espejo de detrás de la barra—. ¿Por qué me mira de ese modo?

—¡Oiga! —exclamó Spence dejando el vaso vacío—. ¿No le gustaría casarse? Tiene aquí un buen trabajo y parece usted...

El camarero extendió una pesada mano y la dejó caer sobre el hombro de Spence.

—Amigo —dijo con una risita—, está mirando a un hombre que lo intentó tres veces y ha aprendido la lección del peor modo. La última mujer con la que me casé llevaba un salón de belleza. Bien, si no sabe lo que ocurre en algunos de esos establecimientos, aquí estoy yo para contárselo. Para empezar, ella tenía un pequeño cuarto trasero en el local. Cuando lo vi por primera vez no le presté ninguna atención, pero un día, al cabo de más o menos una semana de estar casado, irrumpí en ese cuarto trasero y la pillé allí con dos jovencitas que llevaban viniendo todo el verano un par de veces a la semana. No hay necesidad de que le cuente lo que estaba ocurriendo, porque si usted vive en el barrio sur sabrá lo que ocurre a su alrededor tan bien como yo. Así que cogí mi sombrero y salí pitando, y en lo que concierne a casarse, no he parado de correr. ¡Sí, señor! ¡Estoy tan curado como un jamón ahumado! ¡No más matrimonios para mí hasta que cambien los tiempos!

—No hay razón para dejarlo completamente —dijo Spence con obstinación—. Mire, yo tengo una hija que sería una buena esposa para un hombre. No es lo bastante mayor para haberse estropeado. Y aprendería en nada de tiempo cómo cuidar de un hombre.

El camarero se alejó para servir varias cervezas a clientes y se demoró varios minutos.

—Amigo —dijo, cuando volvió—, aprecio todo lo que dice pero yo ya no soy un hombre casadero hasta que los tiempos cambien. Sin embargo, tal vez pueda ayudarle —alzó la cabeza e inspeccionó el salón a espaldas de Spence.

—¿Qué ocurre? —preguntó Spence, intrigado.

—Hay un tipo que viene por aquí todas las noches que podría ser el hombre que anda buscando —continuó, inspeccionando el salón—. Por supuesto, no puedo asegurarlo. Pero si hay alguien que esté dispuesto, ese es Bubber.

Se puso de puntillas y se dirigió al otro extremo de la barra. Tras haber buscado en el otro lado del salón, Spence le vio hacerle una seña a alguien. Cuando volvió con Spence, un joven de unos veinticinco años, pálido y de aspecto disoluto, se abrió paso a codazos hasta la barra. Tenía el pelo oscuro e iba bien vestido, pero lo primero que Spence notó de él fue su amplia sonrisa. Sonreía como si fuera lo único que hubiera hecho en toda su vida.

—Ven aquí, Bubber —dijo el camarero, invitándole a la barra—. Quiero que conozcas a un amigo mío —señaló a Spence—. Bubber, este es... —el camarero miró a Spence—. Oiga, ¿cómo era su nombre?

—Bueno, soy Spence Douthit.

—Claro. Eso es. Bubber, este es Spence Douthit.

—Hola —dijo Bubber sonriendo ampliamente.

—Bueno, qué tal —dijo Spence con ansiedad.

—Ponnos una ronda, Mike —le dijo el muchacho al camarero. Puso un codo en la barra, se apoyó pesadamente sobre él y sonrió a Spence. Mientras les servían las bebidas, Bubber sacó un billete de cinco dólares del bolsillo y lo arrojó sobre la barra.

—Verá, amigo —dijo el camarero, inclinándose hacia delante—, he aquí a alguien con quien debe hablar. Bubber se casa de vez en cuando sólo para no perder la práctica. Ahora mismo está en medio de dos esposas y ya es hora de que vuelva a probar. ¿No es verdad, Bubber?

Bubber sonrió tontamente.

—Es verdad, Mike —dijo mientras alargaba el vaso para que se lo rellenase.

—¿En qué trabaja? —preguntó Spence—. Tiene un empleo, ¿no?

Mike, el camarero, soltó una risita.

—Estoy en el negocio de las comisiones —replicó Bubber con una ancha sonrisa—. Sabe lo que es, ¿no?

—No sabría decirle —admitió Spence—. ¿Le reporta un buen salario?

—¡Si me reporta un buen salario! —rió Bubber—. ¡Ya lo creo!

—Entonces ¿tiene mucho dinero?

—Escuche, amigo, no tiene que preocuparse por si hago dinero. Siempre hago un montón de pasta.

Spence se mordió la punta de la lengua nerviosamente. Le desagradaba el aspecto de la granujienta y fofa cara de Bubber y su constante sonrisa estúpida, pero no ignoraba el hecho de que podía persuadir al joven para que se casara con Mavis.

—Hábleme de la chica —dijo Bubber—. ¿Cómo es? ¿Rubia o morena? —Spence contempló la estúpida cara del muchacho y se preguntó por qué sonreía todo el tiempo—. Si conoce a alguien con quien podría querer casarme tiene que decirme cómo es, amigo —le dio un fuerte codazo en las costillas—. Eso es importante.

—Oh, es muy bonita, está muy bien —dijo Spence rápidamente—. Es más bonita que la mayoría de las chicas que andan por aquí.

—Eso me basta, para empezar —Bubber asintió—. Sólo que no puede ser rubia. ¿No lo es, no? La última con la que me casé era rubia y me estoy quitando de las rubias durante un tiempo.

—Tiene el pelo castaño oscuro, casi negro a veces —dijo Spence.

—¿Edad?

—Bueno, así de pronto no podría decirle exactamente —replicó Spence, incómodo—. ¿Qué edad le gustaría que tuviese, por ejemplo?

—Cuanto más joven, mejor. No abundan muy jóvenes.

—¿Y querría casarse con ella, si es joven y todo eso?

—¡Seguro! ¿Por qué no? ¡Demonios, hace un montón de tiempo que no me caso! ¡Hay que aprovechar la ocasión, amigo!

—¿Y no se arrepentirá en el último minuto?

—No, si tiene lo que hay que tener —replicó él, acercando su sonriente cara a Spence y palmeándole la espalda—. Eso es lo que cuenta, ¿eh, Mike?

—No es lo que tenga —dijo el camarero con complicidad—. Es lo que da lo que cuenta.

Spence le apretó el brazo a Bubber.

—Si yo fuera a por ella y la trajera aquí, ¿se decidiría a casarse enseguida? —preguntó ansiosamente.

—Amigo, eso no sería muy difícil si me gusta su aspecto, ¿verdad? —dijo Bubber—. ¿Dónde está ella ahora?

—¡La traeré! —dijo Spence dando golpecitos en el brazo del joven—. ¡No se marche! —se bebió lo que le quedaba del *bourbon* y la cerveza, palmeando a Bubber en la espalda cuando terminó—. No hay razón para que no le guste, hijo —le aseguró a Bubber—. Me tiene todo el día con ella tiesa y eso que soy un pariente cercano.

Le dio a Bubber una palmada familiar en la espalda y se alejó de la barra. Recorrió el salón mirando a las chicas. Cuando llegó al otro extremo se detuvo y miró a su alrededor, perplejo. Había visto a cinco o seis chicas, pero ninguna de ellas era Mavis. Mientras meditaba sobre cómo encontrarla, sintió que alguien se apretaba contra él. Se volvió con sobresalto y vio a otra chica sonriéndole con un vestido que dejaba al aire los pechos. Iba vestida casi exactamente como la primera con la que había hablado.

—Vayamos a algún sitio, muchachote —sugirió ella, con aire incitador—. ¿Qué te parecería, muchachote?

—Para decir la verdad de Dios, señorita, ahora mismo no tengo tiempo —dijo Spence, tratando de alejarse de ella.

—Eh, ven y relájate —dijo, tirándole del brazo y apretándole la mano—. Mi nombre es Jerrie. Te trataré bien, muchachote. No tienes que buscar más. Sé cómo hacer que pases un buen rato.

Spence se puso de puntillas y trató de ver qué había sido de Bubber. No pudo verle en la barra y se llenó de agitación. Empujó a la chica para que se fuese.

—Señorita, lo siento mucho pero es que tengo que irme —dijo nerviosamente mientras intentaba que se marchase—. En cuanto encuentre a Mavis, puede que...

—Mavis está fuera en este momento —dijo Jerrie al momento. Se aferraba tenazmente a su brazo—. ¿Por qué no pasamos un buen rato juntos, muchachote? No tienes por qué esperar a Mavis.

—¿Dónde está? —preguntó, volviéndose a ella.

—Ha salido a un servicio.

—Pero es a ella a quien tengo que ver —protestó Spence mientras sentía que le empujaban hacia una puerta.

—¡Eso es lo que crees! —dijo Jerrie en tono de burla—. ¡No conoces a Jerrie, muchachote! ¡Te enseñaré por qué no tienes que esperarla! ¡Vamos!

Le condujo a través de una puerta a un salón más amplio. Había dos enormes mesas de juego a un lado, otra barra al fondo y una pequeña pista de baile en el centro. Había mesas y sillas rodeando la pista y una plataforma alta contra la pared, en la que estaban tres muchachos negros rodeados de un surtido de instrumentos musicales de aspecto extraño. Uno de los negros estaba tocando el piano cuando Spence y Jerrie cruzaron la pista y se sentaron en una mesa desocupada

Un camarero apareció de pie junto a Spence casi de inmediato. Spence se preguntó cómo habría sido capaz de aparecer a su lado tan rápidamente.

—¿Qué será? —preguntó con aspereza.

Jerrie hizo una seña al camarero y deslizó su silla más cerca de Spence. Le rodeó el cuello con el brazo.

—¿Qué era toda esa charla que intentabas darme? —preguntó, haciendo un mohín—. ¿No te gusto, muchachote?

—No es eso, señorita —protestó él—. Apenas tengo tiempo para decidirme a algo, ni queriendo. Pero tengo que encontrar a Mavis, para poder...

—¡Mira, muchachote! —dijo Jerrie, abrazando su cuello más fuerte y atrayéndole hacia ella—. No nos pongamos a pelearnos por culpa de Mavis. Nos cambiamos las citas continuamente. No se enfadará contigo.

—Esto es diferente, señorita. Estoy llevando a cabo un plan que no puede fallar y que va a...

Se escuchó un sonido estrepitoso cuando media docena de instrumentos se pusieron a sonar a la vez. Los tres negros tocaban el piano con las manos, soplaban trompetas y golpeaban tambores con los pies. Spence miró a su alrededor justo cuando el telón se abrió sobre una puerta que había junto a la plataforma y vio a una chica venir bailando por la pista. La chica llevaba un pequeño manguito de piel.

El camarero puso el *bourbon* y la cerveza en la mesa y dio un toque a Spence en las costillas con los nudillos.

—Un dólar, papi —dijo, extendiendo la mano bajo la nariz de Spence.

Spence buscó en su bolsillo y sacó un dólar.

La chica daba vueltas en el centro de la pista de baile, apretando el pequeño manguito de piel contra ella. La música se hizo de pronto más lenta y ella empezó a mover el cuerpo hacia atrás y hacia delante mientras mantenía los pies quietos. Spence se estiró sobre su silla para poder ver mejor, pero Jerrie tiró de él.

—¡Vaya, mira tú! —protestó, enojado—. Eso es algo que sé que quiero ver.

La bailarina se desplazó por la pista, aproximándose a una de las mesas más cercanas, y permaneció frente a ella hasta que uno de los hombres le arrojó una moneda. Ella se detuvo y la recogió y luego, durante un momeno, mantuvo el manguito a su espalda. Spence agarró su *bourbon* y se lo bebió de un trago. Jerrie le tiraba del brazo.

—Dale un cuarto, muchachote —le animó—. Vamos, sé bueno.

Spence sacó un cuarto y lo mantuvo en alto para que la chica lo viera. Esta se volvió y se puso a bailar ante la mesa de Spence. Él se inclinó hacia delante y le dio el dinero mientras ella se meneaba de un lado a otro al ritmo de la música. Un hombre situado a espaldas de Spence se apoyó en su hombro y clavó un codo en un lado de la cabeza de Spence.

—¡Quítatelo, guapa! —gritaba con todas sus fuerzas el hombre apoyado en el hombro de Spence.

Spence también quería que apartase el manguito, pero no podía soportar más tiempo el dolor en su oído. Se levantó, enarboló el puño, cerró un ojo para hacer puntería y golpeó al hombre en la mandíbula tan fuerte como pudo. El otro retrocedió tambaleándose contra la multitud.

La chica estaba moviendo las caderas en círculo cuando Spence volvió a sentarse. Este se humedeció los labios resecos y buscó a ciegas el vaso de cerveza. La chica estaba levantando lentamente el manguito de piel por encima de la cabeza y él alzó el vaso. Antes de que pudiera beber, sintió que alguien se apoyaba pesadamente sobre su hombro. Apartó los ojos de la chica el tiempo justo para comprobar que era otra vez el mismo hombre.

—¡Menéate otra vez, guapa! —gritó el hombre por encima de la cabeza de Spence.

Ella alzó la vista y sonrió. El manguito ya estaba en lo más alto, pero el hombre seguía aporreando los oídos de Spence con ambos puños. Spence temía perderse algo si se levantaba y golpeaba de nuevo al desconocido, así que se cubrió las orejas con los brazos mientras miraba a la chica. Esta había dado media vuelta y sus caderas se contoneaban siguiendo la música.

—¿A que no está mal eso? —dijo el hombre, aferrando la cabeza de Spence con las dos manos y meneándosela con violencia. Spence se encontró mirándole a los ojos—. Amigo, ¿a que no está mal, eh?

La música cesó y la chica se fue corriendo por la pista. Cuando desapareció tras el telón, sobre la plataforma llovieron peniques y monedas de cinco y diez centavos, y el negro dio un salto y empezó a recogerlos a dos manos.

El tipo que había estado aferrando la cabeza de Spence como si fuese un torno le soltó y se retiró.

Spence se humedeció los labios resecos y miró a Jerrie, que seguía a su lado, sonriendo.

—Eso me ha dejado como un conejo que se hubiera pillado las pelotas en una máquina de coser —dijo, secándose el sudor de la frente.

Jerrie se acurrucó contra él.

—Habrá otro pase en cinco minutos —dijo.

—¿Quieres decir que saldrá otra chica igual que esa llevando sólo un manguito de piel? —preguntó, incrédulo.

—Todas las chicas hacemos pases —asintió ella—. Es parte de nuestro trabajo.

—¿Usted también?

—Por supuesto.

—¡Bueno, que me aspen! —dijo él, sacudiendo la cabeza—. ¡De verdad que me gustaría saber qué será lo próximo que se les ocurra!

El camarero se situó al lado de Spence y le dio un toque en las costillas con los nudillos.

—¿Cuánto dinero te queda? —preguntó Jerrie.

Spence sacó dos billetes de un dólar y unos cuantos centavos.

—¿No hay más? —preguntó Jerrie, indignada.

Spence negó con la cabeza.

—No tomamos nada —le dijo ella ásperamente al camarero. Este se retiró.

—Ven conmigo —dijo Jerrie autoritariamente. Se levantó y obligó a Spence a ponerse en pie—. Vamos a la pensión.

—¡Eh, espere un minuto, señorita! —protestó—. Usted dijo que en cinco minutos iba a salir otra chica y yo quiero verla.

—¡El demonio te lleve! —dijo ella muy seria, tirándole del brazo—. Vas a venir conmigo antes de que te gastes lo que te queda. ¡Vamos, muchachote!

—Pero no quiero perderme otro espectáculo como ese —dijo, tratando de zafarse de su tenaza—. ¡No está siendo justa, señorita!

—¡Al infierno con todo! —dijo, enfadada, mientras lo sacaba de la mesa y se lo llevaba por la pista—. ¡Nos vamos a la pensión!

Le hizo cruzar una puerta y bajar por un largo corredor casi en penumbra. Cuando llegaron al final, Spence vio a una enorme mujer negra leyendo una revista de historias románticas bajo la pantalla de una lámpara de pie.

—Mamie —dijo Jerrie, sujetando aún a Spence del brazo—. ¿Cuál está libre?

La mujer negra, marcando cuidadosamente la página, dejó la revista y se puso en pie.

—Qué tal, señorita Jerrie —dijo Mamie con simpatía—. No la había visto en toda la noche.

La negra miró a Spence con dureza, evaluándole rápidamente. Tras inspeccionarlo de pies a cabeza, apartó la vista con desdén y se puso en marcha. La siguieron por el pasillo hasta que empujó la puerta de una de las habitaciones y entró a encender la luz. Cuando salió, permaneció de pie junto a la puerta, con las manos entrelazadas sobre el estómago. Aguardó expectante hasta que Spence pasó ante ella para entrar en la habitación sin darle un cuarto.

—Uf —dijo despectivamente— ¡Más de esa basura blanca que no vale para nada!

Cerró de un portazo.

Cuando Spence miró alrededor de la habitación, vio a Jerrie de pie ante el espejo peinándose el pelo. La contempló mientras se balanceaba sobre sus pies. El *bourbon* y la cerveza le hacían difícil mirar algo muy seguido, y mesas, sillas y paredes empezaban a flotar ante sus ojos. Buscó el pie de la cama para sostenerse.

—¿Dónde está Mavis? —preguntó en voz alta—. ¡Quiero ver a Mavis!

Jerrie le sacudió con rudeza.

—¡Ya te dije antes que Mavis ha salido a un servicio! —dijo—. ¡No volverá en toda la noche! ¡Ahora cierra el pico como te he dicho!

—Tengo que encontrar a Mavis porque él podría no esperar más tiempo —dijo Spence, volviéndose y tropezando en dirección a la puerta—. Por eso tengo que dar con ella.

Jerrie le golpeó contra la puerta.

—¡No voy a perderlo, pase lo que pase!

—¡Oh, cállate! —gritó ella con impaciencia.

Le hizo dar media vuelta y Spence caminó hasta golpearse contra la cama y caer sobre ella.

—¿Dónde está el dinero? —exigió Jerrie.

Spence sacó los dos billetes de dólar. Ella se los quitó de la mano y los enganchó a su vestido.

—Tengo que mantenerte aquí antes de que te gastes lo que te queda en beber —dijo, yendo hacia la cama. Se sentó junto a él—. ¿Francés o normal? —preguntó fríamente, sacudiéndole hasta que abrió los ojos.

—¿Euh? —murmuró Spence.

—¡Ya me has oído, bastardo! —estalló, abofeteándole la cara hasta que él parpadeó de dolor.

Spence se apoyó sobre un codo y se frotó las mejillas doloridas. Ella le apartó la mano y volvió a golpearle tan fuerte como pudo.

—Que me aspen si no está el mundo patas arriba —dijo Spence, mirándola con expresión perpleja—. Primero me pasean por todo el lugar y lo siguiente que me encuentro es que me están pegando a más y mejor. Y si no hubiera sido por la señorita Saunders, ni siquiera estaría aquí. A veces las cosas ocurren del modo más extraño.

—¿De qué estás hablando? —preguntó Jerrie.

Spence la miraba con curiosidad.

—¿Por qué no me respondes, bastardo? —dijo en voz alta. Antes de que él pudiera decir nada, empezó a golpearle de nuevo en la cara. Él se protegió la cabeza con los brazos hasta que se detuvo.

—Señorita —dijo—, puedo haberme olvidado, pero sé perfectamente que yo no he pagado por nada de esto.

—¡Bastardo! —gritó ella, golpeándole la cara tan fuerte como pudo.

Capítulo 8

Sentada en la cama con la espalda confortablemente apoyada contra la pared, Maud había estado hablando sin parar durante las últimas dos horas. En tales circunstancias, hablar parecía un esfuerzo menor incluso que respirar. Ya le había culpado de todo lo que él pudiera pensar que había bajo el sol, además de muchas otras cosas en las que nunca había pensado, y seguía hablando. Spence permanecía plácidamente sentado en la cocina con los pies sobre la mesa y una lúgubre sonrisa en su cara arrugada por el sol. Después de veinticinco años de matrimonio había aprendido a sentarse tranquilamente y mantener la boca cerrada cuando a Maud le entraba la vena palabrera. El calor del verano, que en esa época del año calcinaba la tierra desde el amanecer hasta el ocaso, hacía correr gotas de sudor por su rostro. De vez en cuando alzaba cautelosamente el brazo y se sacaba la frente húmeda con la manga de la camisa. El enjambre de negras y gordas moscas perezosas que siempre había en la casa trazaba interminables círculos alrededor del tapón de la jarra de sorgo que había sobre la mesa.

—Si no fueras un maldito vago y un inútil, harías algo que no fuera hablar para llevarme de vuelta a casa —decía Maud roncamente, con la garganta irritada por haber hablado la mayor parte de la mañana—. Ya ha pasado un año desde que dijiste que volvíamos a casa y aún estamos aquí, peor que nunca y metiéndonos en un aprieto aún más lamentable cada vez que sale el sol. Si me hubiera casado con un hombre trabajador con un poco de cuajo, como tenían muchos de los buenos pretendientes que dejé para casarme contigo, no estaría en el aprieto tan lamentable en el que me veo ahora, y tú lo sabes. Ninguno de ellos se quedaría ahí sentado, como haces tú, un año tras otro, sin hacer nada. Me dijiste que si me casaba contigo me construirías una bonita casa blanca con sótano y desván, y en cambio aquí estoy, en Pobre Chico, donde ni los negros y los mexicanos aceptarían vivir aunque les pagaran por ello. Fui una maldita tonta por escucharte, Spence Douthit. Te has vuelto tan inútil y gandul que ni tus propias hijas quieren estar bajo el mismo techo contigo. Y no culpo a Libby y a Mavis por marcharse. ¡No, no las culpo! Si yo fuera joven, como lo fui un día, y bonita como ellas, con una figura esbelta que quitara el hipo, me largaría y me daría yo también la gran vida. Hay así de hombres que me tirarían los tejos, porque yo nunca he tenido miedo de ir a buscarlos, aunque esté mal que yo lo diga. Pregúntale a cualquiera de mis antiguos pretendientes, si no me crees. ¡Pero ahora, mírame! He perdido mis encantos, tras malgastarlos contigo durante veinticinco años, y tengo que pasarme en esta cama un día y otro día, desamparada y débil, y ya no podría seducir a un hombre ni aunque saliera a buscar uno y lo tuviera al alcance. Y encima de todo eso, tú sales la otra noche sabe Dios a dónde y te gastas los cinco dólares que tanto le costó ganar a Libby y que fui tan tonta como para darte... —hizo una pausa hasta que recuperó aliento para poder terminar—. Y ni siquiera traes a Mavis contigo, después de montarte una pomposa mentira al respecto.

Spence suspiró profundamente y cruzó las piernas sobre la mesa de la cocina en una postura más cómoda. Sabía que iba a ser una pérdida de tiempo y de esfuerzo tratar de decir una sola palabra hasta que Maud estuviera dispuesta a escucharle. El enjambre de moscas zumbaba en señal de protesta cada vez que el movimiento de sus pies perturbaba sus pacíficos revuelos alrededor de la jarra de sorgo.

—¿Me estás escuchando, Spence Douthit? —gritó Maud gárrulamente, alzando la voz—. ¿Estás aún en la cocina?

—Estoy aquí escuchando, Maud —dijo con mansedad.

Hubo un breve intervalo de silencio en la casa antes de que todo empezara de nuevo. Spence cerró los ojos momentáneamente, agradecido por aquel instante de paz.

—No sé lo que hiciste la noche pasada, Spence Douthit, pero seguro que fue algo sucio. Fuera lo que fuese, seguro que fue algo sucio, vil y repugnante. Si hiciste lo que yo pienso, te emborrachaste con parte del salario duramente ganado por Libby y luego gastaste el resto en refocilarte por ahí. Desde que te conozco, has ido detrás de cualquier cosa que chille y se menee, como un perdiguero viejo e inútil que no sabe hacer otra cosa que olisquear. Ha habido veces en que directamente abandonabas el trabajo a mitad de jornada para largarte a buscar donde refocilarte. Has andado por ahí enseñando la cola desde la primera vez que puse los ojos en ti, y debí haber mostrado más sentido la otra noche en vez de dejar que te largaras de aquí con los cinco dólares de Libby en el bolsillo. No me importa cuántos planes fabulosos hubieras hecho para traer aquí a Mavis: debí haber mostrado más sentido y no escucharte. ¡Pero no pienses que eres el único que puede echar una cana al aire, Spence Douthit! Si yo aún tuviera mis encantos, siquiera una parte de ellos, también podría salir a pasármelo bien. ¡Y no pienses que no lo haría! Agitaría la falda y tendría a los hombres comiendo de mi mano por toda esta parte del mundo. Así era hace veintitantos años (justo antes de que fuera tan tonta como para casarme contigo), cuando hombres de verdad, con auténtico cuajo, venían cada tarde de sábado sólo para mirarme y hacerse ilusiones. Ni uno sólo se habría visto defraudado, de haberme conseguido. Ahora estoy toda deteriorada y hasta una cabra haría mejor papel. ¡Y es todo por tu culpa, Spence Douthit! ¡Me has convertido en un trapo!

Spence esperó a que prosiguiera pero, tras permanecer en silencio durante varios minutos, decidió que finalmente había quedado exhausta de tanto hablar. Puso los pies en el suelo, con cuidado de no hacer ningún ruido, y escuchó. Podía oír la pesada respiración de Maud y el áspero y ronco silbido de su garganta, y eso le hizo sentirse mucho mejor.

Se levantó y cruzó la estancia de puntillas hasta donde estaba Maud. Esta se había estirado en el camastro y ofrecía un aspecto lánguido y desamparado. No le prestó la menor atención mientras se aproximaba a la puerta del cuarto.

Cuando Spence abrió la puerta y se asomó, Bubber seguía dormido. Spence le miró durante un momento antes de abrir la puerta del todo. Luego entró y contempló al muchacho. Le sorprendió comprobar que, aunque Bubber tenía la boca sólo parcialmente abierta, las líneas de su rostro pálido y granujiento seguían mostrando la misma sonrisa estúpida. Se rascó la cabeza pensativamente, preguntándose cómo haría para retener al joven en casa antes de encontrar a Mavis y traerla de vuelta. Cuando él y Bubber llegaron, entre las tres y las cuatro de la madrugada, Spence le había prometido enseñarle sin falta a Mavis en cuanto se despertase. Ahora no sabía qué hacer. Probablemente Bubber se despertaría pensando que le habían engañado y, al descubrir que Mavis estaba en El Pavo Blanco o en cualquier otro sitio, se vestiría y se marcharía antes de que Spence pudiera detenerle. Spence recorrió el cuarto con la mirada. Rápidamente, se apoderó del traje, la camisa y los zapatos de Bubber, los dobló en un fardo y se los llevó al porche trasero, donde podía esconderlos bajo las escaleras.

Cuando volvió, Maud estaba otra vez sentada en la cama. Le había visto salir corriendo con el fardo de ropa y sentía curiosidad por saber qué estaba haciendo.

—¿Por qué está cerrada esa puerta, Spence? —preguntó—.

¿Quién está ahí? ¿Es Mavis, después de todo? ¿O vino Libby anoche?

Él fue a la puerta del dormitorio y la abrió lo suficiente para que Maud viera a Bubber en la cama. La boca de Maud se abrió y Spence se apresuró a cerrar la puerta. Luego se sentó en la silla junto al camastro.

—¿Qué demonios, Spence? —preguntó ella con un susurro de temor mientras sus ojos se abrían cada vez más—. ¿Quién es ese hombre? ¿Por qué no me has hablado antes de él? ¿Qué hace ahí en la cama?

—¿No te dije que encontraría a alguien que se casara con Mavis? —dijo él de buen humor, pinchándola con el dedo en el estómago—. ¡Bien, ahí lo tienes!

—¿Dónde lo has encontrado, Spence? —preguntó, tensa de excitación—. ¿Quién es?

—Es Bubber nosequé. Pero eso no importa ahora. Ya averiguaremos el resto del nombre cuando todo haya acabado. Lo importante es que es uno de esos ricachos de los que te hablé. ¿A que no es poca cosa, eh?

—¿Cómo gana tanto dinero?

—No lo sé, pero es así como sucede a veces. Simplemente es de esos que se las arreglan para hacer dinero. Hay tipos que tienen ese don de forma natural. Es la gente como nosotros la que no tiene ni idea de hacer dinero.

—¿Ya se ha casado Mavis con él? —preguntó Maud, llena de esperanza, señalando a la puerta cerrada.

—No, aún no —dijo Spence—. Pero eso llevará nada de tiempo. Es la parte menos importante. Lo principal era dar con él. Estoy muy orgulloso de ello.

Maud se levantó y corrió hacia la puerta. La abrió con cuidado y echó un buen vistazo a Bubber, que permanecía estirado boca arriba, con los ojos cerrados y la boca abierta. Mientras le miraba,

Bubber espantó varias moscas que le hacían cosquillas en el estómago y se rascó. Maud cerró la puerta y volvió a su camastro.

—Mavis no está en la cama con él —admitió Spence con tristeza—. No pude encontrar a Mavis. Se fue a alguna parte y no volvió. Todo el mundo al que pregunté por ella me dijo que estaría fuera toda la noche. No podía hacer nada al respecto si ella no estaba.

—¿Por qué entonces no la esperaste? —preguntó Maud con tono de fastidio—. Podías haberlo hecho.

—No, no podía. Bubber dijo que quería dormir y yo pensé que lo mejor era traerlo aquí, donde podía echarle un ojo encima. Es un botín demasiado bueno como para dejarlo ir. Además, trayéndole aquí a casa, la parte más problemática de casar a Mavis queda solucionada.

—¿Pero qué vas a hacer respecto a ella?

—Estaba pensando volver esta noche y traerla. Me dijeron que era seguro que esta noche estuviese allí.

La puerta se abrió de pronto y Bubber se quedó mirándoles con una expresión de desconcierto en su cara sonriente. Su peculiar sonrisa se extendía de oreja a oreja.

—¡Hola, qué tal! —dijo, sonriéndoles. Se frotó los ojos con el dorso de las manos y volvió a mirarles desde el otro extremo de la estancia—. ¿Es esa? —preguntó guiñando los ojos mientras miraba a Maud—. ¿Es esa de la que me estuvo hablando?

Spence dio un salto y corrió hacia Bubber.

—¡Bien, tú espera aquí un minuto, Bubber! —dijo desesperadamente mientras el muchacho trataba de apartarse—. No vayas a agobiarte sólo porque has visto a Maud. ¡Maud no es! ¡Maud es sólo su madre!

—¡Al diablo con ella! —gritó Buber. Por primera vez, la estúpida sonrisa desapareció de su cara—. ¡No puede obligarme a casarme con esa vieja cacatúa! —se desprendió de la tenaza de

Spence y entró corriendo en el cuarto—. ¡Dónde está mi ropa! ¡Quién ha cogido mis pantalones! ¡Se lo han llevado todo!

—Mira, aguarda un momento, escucha y razona, Bubber —suplicó Spence, tratando de agarrarlo por el brazo—. Te has levantado y te has puesto nervioso al ver a Maud. Es verdad que Maud no resulta muy agradable de ver. ¡Pero no es ella! ¡Mavis no se le parece en nada!

—¡Mavis! —gritó Bubber—. ¿Se llama Mavis?

—Eso es, correcto —dijo Spence—. ¿No te gusta el nombre? Yo siempre he pensado que es un nombre precioso para una chica.

—¡Bueno, que me parta un rayo! —gritó Bubber—. ¿Qué clase de broma es esta? Lo sé todo sobre ella, si es que es la misma que está allí en El Pavo Blanco.

—Esa es —dijo Spence—. Mavis está allí, de acuerdo. ¿Y qué mal hay en ello, si vamos a eso?

Bubber se sentó a un lado de la cama y contempló con desaliento el desgastado suelo desnudo.

—Aún no te has casado con ella, ¿no es verdad, Bubber?

—¡Demonios, no! —gritó Bubber.

—Entonces todo está en orden, hijo —prosiguió Spence, eufórico—. ¡Eso lo hace todo perfecto!

—¿Y eso por qué?

—Porque si aún no te has casado, pronto lo harás.

—¡Las narices! ¡Yo me largo de aquí!

Se puso en pie de un salto y corrió hacia la puerta. Maud, que había permanecido justo en el umbral, se adelantó y lo agarró por la cintura. Con ayuda de Spence, lo arrojó dentro de nuevo. Bubber retrocedió hasta un rincón.

—¡No pueden obligarme! —chilló.

Maud sonrió con timidez.

—Puedes imaginarte lo guapa que es Mavis sólo con mirarme a mí, porque yo soy su madre.

Ella y Spence permanecían frente a él, bloqueando la salida.

—Todo irá como la seda si logramos retenerle hasta que llegue Mavis —le dijo Spence—. Lo tengo decidido —se mordió la punta de la lengua durante un momento—. ¡Es cosa hecha, Maud! ¡Estaré de vuelta en nada de tiempo! ¡Reténlo en esa esquina!

Spence salió corriendo hacia el porche trasero. Se detuvo en la escalera y escuchó atentamente. No había señales de que Chet estuviera en casa, así que corrió por el patio y golpeó furiosamente el cristal de la ventana de Mitchell.

Myrt asomó la cabeza por la ventana de la cocina.

—¿Qué ocurre? —preguntó con los ojos desorbitados.

—¡Ven aquí, Myrt! —le ordenó con brusquedad—. ¡Ven como te digo! ¡De prisa!

Myrt se presentó en la escalera del porche.

—¿Chet no está en casa, verdad?

Myrt sacudió la cabeza, aún atónita ante su comportamiento.

—Entonces ven corriendo a mi casa —la urgió Spence, cogiéndola por la muñeca y arrastrándola escalera abajo y a través del patio—. ¡No te resistas! —le dijo, dándole un fuerte tirón del brazo mientras ella trataba de zafarse.

—Será mejor que tengas cuidado conmigo —le advirtió ella—. Ya conoces a Chet. Cuando se vuelve loco no se detiene ante nada.

—Eso no es nada comparado con lo que yo pienso hacerle —dijo Spence, arrastrándola por la escalera y metiéndola en su casa—. Un día, cuando no tenga las manos ocupadas, le voy a dar lo suyo.

Entró corriendo con ella en la casa, sujetándola firmemente por la muñeca. Cuando llegaron a la puerta del dormitorio, la abrió del todo y empujó adentro a Myrt. Maud, con un enorme jarro de agua en la mano, había hecho retroceder a Bubber contra la pared.

—¡Ya está! —gritó Spence lleno de excitación—. ¡Esto vale para el caso! —agarró a Myrt por la cintura y la empujó hacia Bubber—. Voy a matar dos pájaros de un tiro. Esto hará que Bubber quiera quedarse y me servirá para ajustarle las cuentas a Chet. ¡Vamos, Maud! —arrojó a Myrt sobre Bubber y corrió a la puerta. Maud salió del cuarto y él cerró la puerta.

Un momento después giró la manilla y asomó la cabeza dentro.

—Ahora, muchachos, haced el favor de ser sociables —les dijo a Myrt y a Bubber.

Tras cerrar la puerta, él y Maud aguardaron sin aliento a que hubiese algún sonido. No oyeron que Myrt ni Bubber dijeran nada y, hasta donde Spence pudo determinar, no se habían movido. Le sonrió a Maud.

—Eso mantendrá las ruedas del vagón en marcha durante un rato —le dijo—. Ahora no hay nada de lo que preocuparse.

Por la expresión de inquietud de Maud, supo que ella no estaba tan convencida como él. Se echó en su camastro sin decir una palabra. Spence se sentó en la silla.

—Qué bien que se me ocurriera esto en ese momento —dijo, señalando con la cabeza la puerta cerrada—. Así Myrt hará que Bubber se calme, a falta de otra cosa.

—Bueno, yo no estoy tan segura —dijo Maud escépticamente.

—¿Y eso por qué?

—Porque sí.

—Si conocieras a Myrt como yo la conozco, no hablarías así. Myrt puede ser realmente sociable cuando quiere.

Maud se apoyó en los codos para mirarle. Iba a hablar cuando un automóvil frenó con un chirrido frente a la casa. Alguien salió de él y cerró de golpe la portezuela.

—Si es esa mujer —gritó Maud.

Spence le hizo una señal para que no se moviera. Alguien

corría por el suelo de grava hacia la casa. Spence se levantó de la silla y corrió hacia la puerta principal. Un instante después, se apartaba para dejar pasar a Jim Howard Vance. Maud se tendió de nuevo.

—¡Vaya, Jim, muchacho! —dijo Spence con entusiasmo. Le aferró del brazo y tiró de él—. Qué contento estoy de verte. Quise hablar contigo cuando estuviste aquí el otro día, pero ya sabes lo que pasó. Cuando Libby se empeña en algo no hay quien la haga cambiar de opinión. Siéntate en la silla, ahí, y ponte cómodo.

—No tengo tiempo —protestó Jim Howard, retrocediendo ante la silla—. Tengo prisa.

—¿Te has vuelto a escabullir del hospital del gobierno?

—No. Esta vez no he tenido que hacerlo. Me han dado el alta médica hace como una hora.

—¿Entonces por qué tienes tanta prisa, Jim, muchacho? Llevo deseando hablar de Beaseley County con alguien desde que me vine aquí.

Jim Howard recorrió la habitación con la mirada. Cuando vio a Maud en el camastro, la saludó nerviosamente con la cabeza.

—¿Qué tal está, señora Douthit? —dijo.

Maud movió la cabeza arriba y abajo varias veces.

—¿Por qué tanta prisa, Jim, muchacho? —insistió Spence.

—Libby me pidió que viniera y me llevara varias cosas que le pertenecen —dijo rápidamente—. Me dijo que mirara en un viejo baúl.

—¿Para qué? —preguntó Spence—. ¿Se va a ir sin pasarse siquiera por aquí?

—Bueno, vamos a casarnos esta tarde —dijo Jim Howard, sonriendo ligeramente y mirando primero a Maud y luego a Spence—. Por eso tengo tanta prisa. Tengo un taxi esperándome afuera.

—Eso es muy mezquino —dijo Spence—. Libby se vuelve a Beaseley County y nos deja a mí y a su madre aquí tirados. Es realmente mezquino.

Jim Howard se movía inquieto en el centro de la habitación. Empezó a retroceder hacia la puerta cerrada del dormitorio. Spence le siguió por la estancia.

—El otro día, cuando estuve aquí, montó un alboroto porque Libby no estaba casada —dijo Jim Howard—. Ahora que vamos a casarnos se pone a patalear. No es muy sensato, papá.

—¡Tú también patalearías si alguien que te está salvando de morirte de hambre se largara y te dejara tirado!

Jim Howard guardó silencio durante varios momentos. Miró a Spence y a Maud meneando lentamente la cabeza, como si no se decidiera a decir algo que deseaba decir ardientemente. Spence, muy nervioso, apoyaba su peso alternativamente en un pie y en el otro.

—No hay por qué enfadarse conmigo, Jim, muchacho —dijo Spence—. No es culpa mía que tenga que vivir en este sitio. Me culpas de todo lo que está mal en el mundo. Tú sabes perfectamente que los pobres tienen que vivir aquí porque no tienen dinero para pagar el alquiler de un sitio mejor.

—Libby no vive aquí, ¿verdad?

—Bueno, no. Pero...

—Entonces debe haber una buena razón para ello.

—Libby siempre ha sido muy obstinada con lo que quería. Cuando se le mete en la cabeza que no quiere hacer algo, nadie puede obligarla a hacerlo. Igual que lo de vivir aquí en Pobre Chico. Decidió que no quería quedarse aquí y no lo hizo.

—Mavis también se fue, ¿verdad? ¿Quizá por razones diferentes?

—Bueno, sí. Pero...

—Está usted muy equivocado, papá —dijo Jim Howard. Contempló a Spence, meneando lentamente la cabeza—. Ni Libby ni Mavis se hubieran ido de aquí si Pobre Chico fuera un lugar decente para vivir. Los que poseen esta tierra son los que tienen la culpa de no haber hecho mejores casas y la ciudad es la que tiene la culpa por no hacer nada al respecto. Usted mismo sabe que esto no es más que un agujero de ratas y las personas no pueden vivir mucho tiempo como seres humanos en un agujero de ratas. Cuando pienso que lugares como este no son barridos del mapa, creo que lamento haber ido a la guerra y abierto los ojos. Siente uno que tantos tiros y tanta lucha en el otro extremo del mundo no han servido para gran cosa si al final vuelve uno y se encuentra Pobre Chicos desperdigados por todo el país.

—Creo que tienes razón en eso —admitió Spence—. Pero aun así no sé qué tiene eso que ver conmigo. No se me puede culpar de que exista Pobre Chico. Soy uno de los pobres que tiene que vivir aquí.

—Puede irse —dijo Jim Howard—. Si todos los que son como usted se fueran, no habría gente viviendo aquí, ¿verdad?

—Justamente ahora me estoy ocupando de eso, Jim, muchacho. Así que deja de preocuparte.

Jim Howard asintió brevemente y se dirigió a la puerta del dormitorio. Ya estaba girando la manilla cuando Spence lo alcanzó.

—Oye, espera un minuto —dijo Spence rápidamente—. No entres ahí todavía.

—¿Por qué no? —preguntó, sorprendido—. Tengo que coger la ropa de Libby.

—¿Puedes sentarte en el porche y esperar? No debes tener tanta prisa.

—Nos casamos en media hora. Cualquiera tendría prisa en esta situación.

Quitó el cerrojo y entro en el dormitorio. Spence iba pegado a él.

Myrt saltó de la cama y trató de alcanzar la puerta. Spence la sujetó por un brazo.

—¿Dónde está? —preguntó con rudeza.

—¡Saltó por la ventana y echó a correr! —dijo ella.

—¿Quién? —preguntó Jim Howard, atónito.

—No importa —dijo Spence—. Nadie que tú conozcas, hijo. Ve y coge la ropa del baúl.

Mientras Jim abría el baúl, Spence empujó a Myrt a la otra estancia. Maud estaba esperando.

—¿Por qué dejaste que se escapara? —preguntó Maud, enfurecida.

—No pude evitarlo —dijo Myrt, temerosa.

—¿Por qué no me llamaste entonces? —preguntó Spence.

Jim Howard se precipitó en la estancia con varias prendas de Libby en el brazo.

—¡Es culpa tuya, Myrt Mitchell! —gritó Maud—. ¡Querías fastidiarnos y le dejaste escapar!

—Oiga, ¿de qué están hablando? —preguntó Jim Howard—. ¿Quién se ha escapado?

—Un desconocido —dijo Spence, palmeándole el brazo—. Ahora márchate con toda esa ropa y cásate —empujó a Jim Howard hacia la puerta principal y le siguió por el porche—. Es sólo una pequeña discusión entre vecinos, hijo.

Aguardó hasta que el taxi se perdió de vista calle abajo y luego volvió rápidamente a la casa. Maud había arrinconado a Myrt contra la pared.

—¡Si le hubieras tratado bien no habría huido! —gritaba Maud—. ¡Es culpa tuya! ¡Él era cuanto teníamos y vas y lo arruinas todo!

Capítulo 9

Mavis estaba en la puerta, entrecerrando los ojos mientras inspeccionaba el interior. Cuando Spence alzó la vista y la vio ante él, pensó que se había dormido y estaba soñando. Mavis entró y miró a su alrededor cautelosamente antes de acercarse.

—Que me aspen, Mavis. ¿Eres tú de verdad? —preguntó, levantándose de la silla.

Ella le sonrió.

—¿En serio eres tú?

—Hola, papá —dijo.

Spence corrió hacia el camastro y sacudió a Maud.

—¡Maud! ¡Despierta! ¡Mira quién está aquí!

—¿Dónde? —preguntó Maud, abriendo sus ojos soñolientos.

Spence se dio cuenta enseguida de que Mavis había cambiado muy poco durante el tiempo en que había estado fuera. Seguía teniendo esa torpeza juvenil y sus brazos y piernas colgaban de su alto cuerpo como si no supiera qué hacer con ellos. Enroscó una pierna en la otra y entrelazó las manos detrás de la espalda. Mavis tenía el pelo oscuro y era esbelta como Libby, pero no tenía su tono negro azulado ni su redondeada figura. Sus labios ligeramente anchos siempre estaban abiertos como si estuviera perpleja por algo y, a la vez, fascinada por lo que hubiera visto y oído. Ese verano tenía trece años, pero la mayoría de la gente que la veía por primera vez pensaba que tenía dieciséis o dieciocho. En un momento parecía juvenil y modosita; al momento siguiente, madura y descarada.

Spence corrió hacia Mavis y la hizo adelantarse con gran aspaviento de brazos.

—¡Mavis, cariño! —gritó Maud, apoyándose en los codos.

Mavis cruzó el cuarto con torpeza.

—¿Cómo estás, mamá? —preguntó, mirando a sus padres con suspicacia.

—¡Mavis, podría ponerme a gritar de lo contenta que estoy de verte! —dijo Maud, cogiendo la mano de su hija.

Mavis se sentó al borde de la silla, aún mirando a su padre. Spence se situó a los pies del camastro.

—¿Has visto a Bubber corriendo calle abajo con mucha prisa? —le preguntó.

—¿Bubber? —dijo Mavis, sorprendida—. ¿Qué estaba haciendo aquí?

—¿Lo conoces? —preguntó Spence—. ¿Conoces a Bubber?

—¿Es un mocoso reseco con una sonrisa estúpida?

—¡Ese es, exactamente! —dijo Spence, lleno de excitación—. ¿Cómo es que lo conoces? —hizo una pausa momentánea—. Lo tenía todo arreglado para que os casáseis.

Mavis rió.

—¡Esa es buena! —dijo—. Bubber me consiguió el trabajo en El Pavo Blanco. Le pagan por cada chica nueva que consigue. Bubber promete casarse a todas las chicas y luego las lleva a El Pavo Blanco y cobra del jefe. Así es como se casa Bubber.

Spence contempló el suelo con abatimiento durante un largo rato.

—Bueno, da lo mismo. Gana un montón de dinero y aún podré hablar con él de lo de casarse contigo. En cualquier caso, yo no me rindo. Si consigo dar con él, pienso traerlo aquí. Debe de esconderse en alguna parte y vale la pena intentar buscarlo un rato.

Se dirigió hacia la puerta.

—Florabelle está ahí fuera en el porche delantero —dijo Mavis—. No vayas a asustarla, papá.

—¿Quién?

—Florabelle. Mi amiga. Vamos a todas partes juntas.

—¡Bien, dile que entre! —dijo Spence efusivamente—. ¡Esa no es manera de tratar a una visita! ¡Dile que entre en casa!

Una chica alta de pelo castaño que parecía tener la misma edad que Mavis y que, como ella, llevaba un vestido de algodón de cuello bajo y sandalias abiertas, entró en la estancia. No parecía amedrentada ante las caras de unos desconocidos y su ambiente y parecía más desenvuelta que Mavis. Sonrió a Spence con descaro.

—Bien, ¿qué tal, señorita? —dijo él amistosamente—. Es usted bienvenida en esta casa. No hemos tenido visitas de verdad en mucho tiempo.

Spence trató de apartar la vista de la muchacha, pero cada vez que lograba mirar en otra dirección se distraía y acababa mirándola de nuevo. Florabelle se sentó y cruzó las piernas con negligencia. Spence echó una buena mirada a sus torneadas piernas y se dirigió hacia la puerta. Volvió y la miró con incomodidad.

—Creo que será mejor que salga a echar un vistazo por ahí antes de que sea demasiado tarde —les dijo a las tres.

Florabelle le lanzó una sonrisa cuando se iba, pero él no se volvió. Salió a la calle y miró en ambas direcciones. No había nadie en la calle a esa hora del día y el sol cegador le nubló la vista. Se dirigió hacia el canal y observó ambas orillas. Había largas enredaderas creciendo hacia el agua pero no había ni árboles ni arbustos y hubiera sido difícil que alguien pudiera esconderse a lo largo del canal. Un remolcador resoplaba entrando desde el golfo pero, fuera de eso, no había el menor signo de vida en ninguna parte. Esperó a que pasara el remolcador y luego bajó por la calle, mirando a izquierda y a derecha en busca de algún sitio donde Bubber pudiera estar escondido. Todas las casas de las inmediaciones estaban construidas a cierta altura sobre el suelo para evitar las inundaciones, y recorriendo lentamente la calle y agachándose de vez en cuando podía ver todo cuanto había bajo las casas hasta sus patios traseros. Tras llegar al final de la calle y retroceder, pensó que era hora de dejarlo. Hacía mucho calor al sol a esa hora del día y el enervante bochorno, junto con la excitación, lo habían dejado exhausto. Además, quería mirar de nuevo a Florabelle. Se apresuró a volver a casa.

—¿Le has visto, Spence? —preguntó Maud tan pronto como cruzó la puerta y se quitó el sombrero para secarse el sudor de la frente.

—De acuerdo, se ha marchado —dijo, sacudiendo la cabeza en dirección a Maud y mirando tímidamente la pierna de Florabelle, que se meneaba arriba y abajo apoyada sobre la rodilla—. Se ha escabullido con toda seguridad.

Spence se sentó y se abanicó la cara con el sombrero. Florabelle le sonrió de nuevo.

—Papá, ¿para qué querías verme? —preguntó Mavis.

Él la miró con asombro.

—¿Cómo demonios sabes eso? —preguntó—. ¿Quién te lo dijo?

—Jerrie dijo que habías estado en El Pavo Blanco preguntando por mí. Al menos dijo que alguien estuvo la otra noche preguntando dónde estaba, y cuando me dijo el aspecto que tenía supe que debías de ser tú. Por eso he venido —miró a su madre, luego otra vez a Spence—. Pensé que lo mejor era venir y averiguar qué querías.

—Bueno, eso es gracioso —dijo él, sonriendo a Mavis y a Florabelle—. Nunca hubiera pensado que se acordaría de mí. ¿Qué más dijo sobre mí, Mavis?

Mavis miró a Florabelle mientras ambas contenían la risa.

—Nada —dijo Mavis—. No dijo nada más, papá.

—Bueno —dijo él, mirándose los pies—. Supongo que no había mucho más que decir, en cualquier caso —miró hacia el camastro para ver lo que hacía Maud—. Estuve todo el rato preguntando por ti.

—Eso es lo que dijo —comentó Mavis. Miró rápidamente a Florabelle y ambas se echaron a reír—. ¡Jerrie es un caso! ¡Realmente lo es!

—¿Es qué? —preguntó Spence, mirando alternativamente a las dos muchachas.

—Oh, es un desastre —dijo Mavis con una risita—. A veces hace las cosas más graciosas en sus citas.

—Si alguien viniera a preguntarme, también le diría que hace algunas cosas peculiares —Spence se detuvo y miró a Maud. Era evidente que no estaba atendiendo a lo que él decía—. Nunca me acostumbraría a sus bofetadas, para mencionar una.

—Jerrie siempre hace eso en todas sus citas —le dijo Mavis—. A algunos les gusta.

—Bueno, puedes decirle de mi parte que aquí hay uno al que no —dijo Spence—. Luego, además de eso...

Maud se levantó y cogió la mano de Mavis entre las suyas.

—Te aseguro, cariño, que el que estés aquí me hace más bien que una visita del predicador —dijo, mientras apretaba y palmeaba la mano de su hija—. No me sentía así de bien no sé desde cuándo. Siento que has vuelto cuando más falta hacía. Antes de levantarme y verte en la puerta me sentía realmente mal, cariño.

—¿Sigues tomando tu tónico, mamá?

—Cuando puedo conseguirlo, cariño. Da la impresión de que no puedo hacerlo durar. La botella grande se me va en poco tiempo.

—¿Has probado a levantarte?

—Sólo un rato cada día, cariño. Sólo puedo estar en pie un ratito. Tengo que arrastrarme hasta la cama y descansar de nuevo.

Spence se inclinó y palmeó a Mavis en la pierna con el dedo.

—Oye, sobre esa amiga vuestra —dijo—. No creo que dijera nada más sobre mí, ¿verdad?

—¿Quién?

—Se refiere a Jerrie —dijo Florabelle. Ambas soltaron una risita.

—¡A esa me refiero! —dijo Spence ansiosamente—. ¡Esa misma!

—Yo no recuerdo nada más. ¿Y tú, Florabelle?

—Dijo que cuando terminó tuvo que venir Mamie a ayudarla a echarle —dijo Florabelle—. Jerrie hace realmente cosas muy graciosas a veces.

—Yo no lo encuentro gracioso —dijo Spence en tono cortante y con el ceño fruncido—. Recuerdo algo de esa vieja y gorda mujer de color empujándome. Ninguna de las dos prestó la menor atención a lo que yo quería hacer. Les dije que quería quedarme allí hasta que tú volvieras, pero no me escucharon. Dijeron que no podía quedarme en la pensión a menos que tuviera más asuntos que atender allí. Bien, todo el mundo sabe perfectamente que cuando vas a eso te quedas fuera de combate durante un buen rato. Esa vieja y gorda mujer de color me enfureció de verdad por el modo en que me echó de allí.

—Florabelle y yo estábamos en una fiesta —dijo Mavis—. Duró toda la noche. Por eso no volví.

—Bueno, ahora que puedo contártelo —dijo él—, por lo que quería verte era porque quería que volvieras a casa y vieras a tu madre antes de que se pusiese peor. También me figuré que sentirías añoranza y querrías venir un rato.

Mavis se asustó.

—¿Qué pretendes de mí? —preguntó mirando a su padre y luego la puerta.

—Nada en particular. Tu madre y yo pensamos que querrías quedarte en casa una temporada. No se me hubiera ocurrido de no ser por la señora que vino hablando de...

—¡De mí no! —dijo en voz alta. Apartó su silla de su padre como si esperase que este fuera a meterla en una trampa en cualquier momento—. Me gusta mucho estar en El Pavo Blanco. No me iría de allí por nada. ¿Verdad, Florabelle?

Florabelle asintió fervientemente.

—Vamos, cariño, no te alteres —le dijo Maud en tono suave. Palmeó la mano de su hija—. Todas las jovencitas tienen que pensar en casarse y establecerse más pronto o más tarde. Tu padre simplemente dio en pensar que eso te gustaría. Eso es todo, cariño.

—Pero no me obligará a quedarme aquí, ¿no?

—Vamos, vamos, cariño —dijo Maud, tranquilizándola—. No pienses más en eso. Nadie va a obligarte a hacer nada que no quieras. Ya no te preocupes más, cariño.

—Un marido bueno y hogareño nunca le ha venido mal a ninguna chica —dijo Spence firmemente—. Y, por supuesto, si además resulta que tiene un poco de dinero en el bolsillo o un trabajo bien pagado, aún mejor. Oye, si ahora mismo se te metiera en la cabeza casarte con un hombre de ese estilo, no escucharías una sólo palabra en contra, mía o de tu madre. Cuando una jovencita como tú descubre lo que le gusta de los hombres, le compensa tener en casa todo el tiempo a un varón fijo, porque así no tendrá que levantarse a perseguir a cada Tom, Dick o Harry, con lluvia o con calor. Nunca ha habido un arreglo mejor para una jovencita que ese.

Para cuando su padre terminó de hablar, Mavis parecía más tranquila, no porque hubiera prestado la menor atención a lo que Spence había dicho sino porque había apoyado la cabeza en el hombro de su madre y cerrado los ojos con sueño.

—Es un día muy caluroso, cariño —dijo Maud con ternura, palmeándole el brazo y acariciándole el pelo—. Debes echarte y descansar un poco. Después de estar ahí afuera al sol debes estar totalmente agotada. Debéis ir las dos al otro cuarto y echar una siesta hasta que afloje el calor.

Mavis abrió los ojos y miró a Florabelle con los ojos entrecerrados por el sueño.

—Sí que sería agradable echar una siesta, ¿no, Florabelle? —preguntó lánguidamente—. No pegamos ojo en toda la noche.

—Puedes echar los postigos y así la habitación estará realmente fresca —dijo Maud, recorriendo con los dedos el largo pelo de Mavis—. Será muy agradable, cariño.

—Vamos, Mavis —dijo Florabelle. Se levantó y tomó a Mavis de la mano. Las dos chicas fueron hasta la puerta y miraron al interior del cuarto—. Podría irme a dormir y no levantarme nunca —dijo Florabelle. Entraron—. Hace siglos que no me meto en la cama para dormir.

Cuando cerraron la puerta y se fueron a dormir, Spence se puso a vagar de un lado a otro de la casa sin rumbo fijo. Maud se dio media vuelta y también se puso a dormir, y Spence abrió la puerta del dormitorio y entró. Las dos chicas estaban tumbadas en la cama hablando y riendo sobre algo con sus voces infantiles. Spence empujó uno de los postigos para ver si habían abierto la ventana.

—Ahora, chicas, tomáoslo con calma— dijo, subiendo la ventana cuanto pudo—. Va llegando la parte más calurosa del día y no tiene el menor sentido andar agitándose.

Al pasar junto a la cama miró y vio que Florabelle le sonreía de nuevo. Parecía aún más pequeña que cuando la vio por primera vez. Se inclinó sobre los pies de la cama, donde podía echarle un buen vistazo.

—Seguro que se gana buen dinero ahí en El Pavo Blanco, ¿verdad? —dijo sin dirigirse a ninguna en particular mientras sus ojos iban de una a otra—. Nunca había visto circular tanto en mi vida. Todo mi dinero voló antes de que tuviera la ocasión de probar suerte en una mesa de juego, pero anduve junto a las mesas antes de irme y vi como corrían los dados.

—¿Vio el espectáculo? —preguntó Florabella.

—¡Lo vi! —exclamó. Se sentó en la cama junto a ella—. ¡No podía perdérmelo! ¡Que me aspen si no fue algo digno de ver!

Mavis y Florabelle se rieron puerilmente.

—Supera a todo lo que he visto lo que esa chica hacía con el manguito de piel... —se detuvo abruptamente y miró a Florabelle. Su cuerpo se agitaba de risa—. Nunca había visto nada parecido antes —concluyó.

—A eso le llamamos «alzar el velo de la viuda» —le dijo Mavis muy seria.

—¿Por qué le llaman así?

Mavis y Florabelle se miraron a la vez la una a la otra y estallaron de nuevo en carcajadas.

—Debe haber una buena razón para llamarle así —dijo él mientras miraba a Florabelle.

—Es sólo por cómo suena, creo —dijo Mavis—. Florabelle lo hace mejor que ninguna otra. Y eso que sólo lleva haciéndolo un mes.

—¿Es eso cierto? —dijo él lentamente, mirando a la muchacha—. ¡Vaya, que me aspen!

—«Levantar el velo de la viuda» no es difícil de aprender —dijo Florabelle con indiferencia—. Después de las primeras veces es realmente fácil. Ahora me gusta hacerlo.

Spence asintió para sí mismo. Florabelle apoyó la cabeza en la almohada y le sonrió.

—Pareces una chica bastante joven como para andar por ahí, fuera de casa —comentó—. ¿Es que a tu familia no le importa?

Ella meneó la cabeza solemnemente.

—Bueno, eso sí que es gracioso —dijo Spence—. Yo no diría que eres lo bastante mayor como para andar por ahí de ese modo.

—A mi papá lo mataron en la guerra —dijo ella, mirándole de forma incitadora. Sus grandes ojos castaños parpadearon casi imperceptiblemente—. Mi mamá también se fue.

—¿Por qué no te fuiste con ella?

—No me dejó.

—¿A dónde se fue?

—A Nueva Orleans.

—¿Por su cuenta?

—Con un hombre.

—¿Cuándo volverá?

—No volverá.

—¿No volverá? —repitió él con asombro, mirando a Mavis y luego otra vez a Florabelle—. ¿Por qué no?

Mavis se incorporó en la cama.

—Papá, deja de preguntarle esas cosas —suplicó—. La hacen sentirse mal y a veces se pone a llorar cuando piensa en ello, y no puede parar. Déjala en paz, papá.

—Bueno, no voy a hacerle ningún daño —protestó—. Sólo digo que me parece una barbaridad dejar a una niña de su edad perdida en una gran ciudad. No es que sea malo que una mujer quiera vivir su vida a su manera, pero no me parece propio de un ser humano dejar a una niña de trece o catorce años buscándose la vida por su cuenta. Si tuviera ocasión, le diría a esa persona dos o tres cosas. ¡Simplemente no está bien! ¡No, señor, no está bien!

Se levantó y se paseó por el cuarto. Estaba furioso. Había padres que permitían que sus hijos anduvieran por ahí, pero nunca había oído que una mujer dejara a su niña en las calles mientras ella se iba a Nueva Orleans con un hombre. No había habido un día, por más deudas y pobreza que le acosaran, en el que pensara en dejar a Libby o a Mavis solas en el mundo para que se las arreglasen. Sabía que era culpable de vagancia, pero se consideraba un santo en comparación con la madre de Florabelle.

—Quizá no sea asunto mío —dijo, mientras volvía a la cama—, pero una mujer que hace eso debería ser castigada por la ley.

—Mamá me enseñó a arreglármelas sin ella —dijo la niña inocentemente.

—¿Cómo demonios hizo eso?

—Antes de irse me llevó al cine y me enseñó cómo atrapar a un hombre.

—¿Para qué?

—Para ligar.

—¿Y lo hiciste?

—Ligamos con dos hombres: uno para mí y otro para ella. Fue realmente fácil.

—Esa es la forma más rápida que conozco de meterse en problemas —dijo él.

—Ella me enseñó a protegerme —dijo Florabelle.

—¿Tu madre hizo eso? —preguntó.

Florabelle asintió.

Spence la miró fijamente, incapaz de pensar en algo que decir y lamentando que esa madre no estuviera allí para decirle lo que pensaba de ella. Al instante, sin embargo, decidió hacer todo lo posible para llevar a Mavis de vuelta a Beaseley County; si no podía encontrar a nadie que se casara con ella, haría cuanto pudiese para hallar otro modo de conseguir el dinero para el viaje.

—No tiene que preocuparse —dijo Florabelle, burlándose de él—. Ya estoy acostumbrada. No me supone el menor problema y consigo un hombre casi cada vez que quiero.

—Quizá tú estés acostumbrada —le dijo con brusquedad—, pero apuesto a que tu padre no lo estaría si viviese y se enterara. Es una pena que los hombres con hijas pequeñas tengan que marcharse a la guerra y morir en ella. Hace que al final las cosas no merezcan la pena.

Ella empezó a llorar suavemente. Spence no supo que estaba llorando hasta que vio que se ponía los brazos sobre la cara e intentaba no hacer ningún ruido. Cuando la miró, las lágrimas le rodaban por las mejillas. La contempló apenado.

—¡Ahora mira lo que has hecho, papá! —le reprendió Mavis—. Te dije que lloraría si le hablabas de su papá y su mamá. ¡Y vas y lo haces!

Mavis abrazó a la chica que sollozaba y la apretó contra su pecho. Florabelle lloraba desconsoladamente, apretando la cara contra Mavis y aferrándose a ella como una niña asustada que busca protección en los brazos de su madre.

—Cada vez que alguien le habla de eso, se echa a llorar —dijo Mavis. Acunó a la muchacha en sus brazos, acariciándole el pelo y pegando su mejilla a la suya. Abrazaba a Florabelle como si fuese una muñeca a la que quisiese mucho y de la que hubiese cuidado durante mucho tiempo. Florabelle respondía con gratitud a cuanto Mavis hacía—. Ahora, papá —le dijo Mavis—, no vuelvas a decirle nada de su padre. No puede soportar pensar en él.

Spence se pasó el dorso de la mano por los ojos y se apartó. Se acercó a la ventana y miró ciegamente la polvorienta calle bañada por el sol. Aún podía oír los reconfortantes y consoladores sonidos que emitía Mavis mientras abrazaba a Florabelle. Iba a alejarse de la ventana cuando un coche subió por la calle y se detuvo frente a la casa. Spence lo contempló con indiferencia, pero cuando vio abrirse la portezuela y salir a la señorita Saunders, dio un salto de sorpresa. Echó otro vistazo para asegurarse de que era la señorita Saunders y corrió hacia la puerta.

—¡Es la señorita Saunders! —le dijo, excitado, a Mavis—. ¡Ha vuelto tal como dijo!

Se apresuró a salir al porche, cerrando de un portazo a sus espaldas la puerta del dormitorio.

Capítulo 10

La señorita Saunders llevaba un vestido blanco de hilo, sin mangas, hasta la rodilla, con varias figuras negras prendidas en los hombros que parecían ser caballos salvajes al galope. A pesar del sofocante calor de mediados de verano, su aspecto era fresco y ordenado y sonrió vacilante cuando vio a Spence venir a toda prisa por el camino. Llevaba el pelo rubio recogido en una masa de rizos y ondas y a Spence le recordó a las chicas de Secundaria que veía a veces por las calles. Su aspecto era juvenil y temeroso.

Spence aflojó el paso cuando estaba a medio camino. La señorita Saunders no había pasado de la acera e incluso a esa distancia de la vivienda tenía todo el aspecto de estar preparada para saltar en su coche y salir corriendo en el instante en que Maud apareciera. Spence jadeaba cuando llegó a su lado. Se inclinó sobre su sedán e intentó recobrar el aliento.

—La he visto —dijo, resollando— y he salido lo más rápido que he podido —se enjugó el sudor con la manga—. No hay nada de lo que preocuparse...

La señorita Saunders asintió, pero siguió vigilando cualquier signo de la presencia de Maud por la casa.

—¿Se encuentra hoy mejor su esposa, señor Douthit? —preguntó—. Espero que ahora todo vaya bien.

—Maud no ha dicho una palabrota desde esta mañana —le dijo—, excepto unas pocas que me dirigió a mí y otras pocas a

Myrt Mitchell, que no cuentan, porque nada hay más irritante que un Mitchell. Y que me las diga a mí no es nada raro en ella, porque ya estoy acostumbrado.

—Bien —dijo la señorita Saunders, suspirando un poco y mirando hacia la puerta principal—, espero ciertamente que le haya explicado mi posición a su esposa. Ella ya debería entender que no tiene ningún motivo para recelar de mis intenciones. Usted mismo sabe, señor Douthit —dijo con una breve risa— que la última cosa en el mundo que soñaría hacer una trabajadora social sería coquetear en un momento como este. Eso no ha ocurrido, ya lo sabe.

—Yo no sé mucho sobre eso —dijo él—, porque una chica joven como usted ha de encontrar manera de divertirse un poco de un modo u otro, y yo no la culparía en absoluto por buscar algo de amor por aquí y por allá, pero lo que alteró a Maud fue que se figuró que usted era una de esas mujeres que van por ahí tan a menudo con una maletita, vendiendo corbatas y cosas así, y que te invitan a venir a algún remolque o caravana a hacerles una visita cuando oscurece. De ahí es de donde sale realmente el dinero. No de las corbatas.

La señorita Saunders había estado asintiendo con la cabeza mientras Spence hablaba, tratando de hacerle entender que toda esa explicación era innecesaria. Suspiró con alivio cuando terminó.

—¿Esperaba que volviese tan pronto, señor Douthit? —se apresuró a decir.

—Que me aspen si me figuraba algo, señorita. Se me había olvidado todo hasta que la vi llegar en coche hace un minuto. He tenido la mente ocupada todo el día con un montón de cosas. Ahora mismo estaba en casa hablando...

—¿Quiere decir que no fue en busca de Mavis?

—¡Ah, eso! —dijo él riendo—. Pensé que estaba hablando de

venir usted a casa. ¡No, señor! No he perdido el tiempo con lo otro. Anoche me cambié y fui allí a El Pavo Blanco, tal como me dijo que hiciera.

—Me alegro —dijo la señorita Saunders con una sonrisa—. Sabía que iba a cooperar, señor Douthit. Contábamos tanto con su cooperación que yo no hubiera soportado...

—¡Que me aspen si no es el sitio más animado al que haya ido nunca! Vaya, no se lo creería, señorita, pero yo estaba sentado pasando el rato cuando de repente levanto la vista y veo venir a una chica de lo más guapa, como de unos diecisiete o dieciocho años, que sólo llevaba un diminuto manguito negro de piel...

—¡Señor Douthit! —dijo ella rápidamente—. ¿De qué diantres está usted hablando? —le miró nerviosa, mordiéndose los labios mientras trataba de pensar qué decir a continuación.

—Es exactamente como se lo cuento, señorita —prosiguió antes de que ella pudiera detenerle—. Cuando salió llevaba aquel diminuto manguito de piel por delante, pero no tardó mucho en levantarlo por encima de la cabeza como si fuera un pequeño paraguas o algo así.

Se detuvo al darse cuenta de que ella sacudía la cabeza con desaprobación. Ya no sonreía.

—Me alegro de que siguiera mi consejo de ir allí y traer a Mavis...

—Le juro que tengo que darle las gracias por hablarme de El Pavo Blanco —comenzó de nuevo a pesar de los esfuerzos de ella por detenerle—. Tras pasar allí un rato, fui a la pensión con Jerrie...

—¿La pensión? —preguntó ella—. ¿Qué es eso?

—No la culpo por preguntar —dijo—. Yo al principio tampoco entendía ese nombre. Es como llaman el sitio en donde las chicas...

—¡No importa, señor Douthit! —dijo ella apresuradamente—. Eso no vamos a discutirlo.

De nuevo sacudía la cabeza con desaprobación y él no pudo hallar en su cara ni rastro de una sonrisa.

—Sólo intentaba contarle lo que hice...

—Lo que quiero saber es lo que hizo respecto a su hija, señor Douthit. Esa es la única razón por la que estoy aquí. ¡Yo no vendo corbatas, ya lo sabe!

Él iba a reírse, pero la vio tan seria que se lo pensó mejor.

—Bien —dijo ella con brío—, puede hablarme de Mavis, señor Douthit.

—Oh, está ahí en casa —dijo, señalando con el pulgar en dirección al dormitorio. Me la traje aquí, pero ahora está echando una siesta.

—¡Eso es maravilloso! —gritó ella con júbilo. Le cogió la mano y se la estrechó con excitación. Su pecho se alzaba y descendía a su aire al respirar con agitación—. ¡Es simplemente maravilloso, señor Douthit! ¡Estoy tan contenta! Ya sabía yo que cooperaría con nosotros. La señora Jouett estará tan encantada cuando lo sepa... La señora Jouett, ya sabe, se mostró muy escéptica desde el principio. Dijo que sabía que era inútil esperar la menor cooperación por su parte. Naturalmente, yo tenía una absoluta fe en usted desde el principio y le dije que sabía que podía contar con usted. Ahora puedo ir y contarle a la señora Jouett la espléndida cooperación que hemos recibido de usted. Eso será muy importante para reavivar su fe en la naturaleza humana. Llevaba un año o así terriblemente desanimada.

—¿Se refiere a esa mujer con cara de caballo que estuvo merodeando por aquí el otro día?

—¡La señora Jouett, sí! —dijo la señorita Saunders, casi bailando de entusiasmo—. ¡Es una mujer espléndida! ¡Ha consagrado su vida entera al trabajo social!

Spence sacudió la cabeza con pesar.

—De haber sabido que la ayudaría, no hubiera hecho nada. Me daría por satisfecho con permanecer en mi parte del mundo para el resto de mi vida con tal de que ella se mantuviera en la suya. El mismo Dios, si pudiera verla, diría que es el peor ejemplo de hembra que se le haya podido colar. Una mujer como esa tiene más o menos la misma utilidad que un cerdo con silla de montar. Usted sabe que un hombre tendría que estar muy necesitado para perder el tiempo con ella.

—¡Ahora escúcheme, señor Douthit! —dijo secamente la señorita Saunders—. Hay ciertas cosas que usted no debe decir en mi presencia. ¡No soy en modo alguno una mojigata, pero no puede usted hablar de la señora Jouett en esos términos.

Spence la miró durante un momento y bajó la vista. Se dirigió al porche y se sentó en un escalón, dejando a la señorita Saunders en la acera. A través de la ventana situada a su espalda podía oír a Mavis y a Florabelle hablando excitadamente en susurros, pero no hizo ningún esfuerzo por entender lo que decían. Alzó la mirada hacia la señorita Saunders, que con aire sumiso y apagado se acercaba. No dijo nada cuando se detuvo ante la escalera y le miró como a un niño al que acaban de regañar. Al cabo de un momento, ella se sentó en el otro extremo del escalón. Spence notó que se había sentado medio de lado, para poder así vigilar la puerta a su espalda.

—No pretendía ser tan dura, señor Douthit —dijo, disculpándose. Él vio por el rabillo del ojo que miraba al suelo—. Lo siento, señor Douthit —dijo ella en voz baja.

Spence acogió sus palabras con un áspero gruñido y arrastrando los pies por el suelo arenoso.

—No ha sido nada en comparación con lo de esa mujer —dijo—. Me hace desear dar por zanjado todo el asunto cuando pienso que eso la ha ayudado. Haría cualquier cosa por usted en este verde mundo de Dios, señorita, pero ni siquiera escupiría en las llamas del infierno si ella estuviera allí y escupir pudiera apagarlas.

—Sólo tratamos de ayudar, señor Douthit. Lo sabe, ¿verdad?

—A veces no lo sé —dijo—. Jim Howard dice que deberían barrer Pobre Chico y obligar a la gente a irse. Luego viene usted tratando de hacer que me vaya, pero dejando a todos los demás quedarse. No es justo, de algún modo, hacer que yo me vaya y dejar que los demás se queden. Si va usted a hacer algo, debe ser justa y tratar rectamente a todo el mundo. ¿Por qué no hace que se vaya también Chet Mitchell? ¿Y toda la demás gente de la calle?

—Me temo que no lo entiende, señor Douthit. La función del Departamento de Asuntos Sociales es tratar los casos de mayor emergencia, no despoblar completamente la ciudad.

—Entonces envíen a algún otro departamento aquí a Pobre Chico y que lo quemen todo o algo así. Estoy harto de ser el único de Pobre Chico que tiene que irse. Si yo tengo que irme, quiero que todo el mundo se vaya también.

—No sea egoísta, señor Douthit. Hay muchas personas en la vecindad que sí pueden sustentar a sus familias.

—¡Seguro! ¡Chet Mitchell! ¡Él gana una pasta! ¡Quizá yo también podría si vendiera cigarrillos de marihuana al por mayor, como hace él!

—Vamos, señor Douthit, no se altere. Tengo muy buenas noticias para usted.

Se inclinó y le palmeó el brazo con una mano mientras se sujetaba el cuello del vestido con la otra. Él escuchaba los excitados susurros de las dos chicas tras la cortina de la ventana y se preguntaba de qué estarían hablando.

—Visité a su casero esta mañana —dijo la señorita Saunders— e hice arreglos para hacernos cargo del alquiler que debía.

Spence se quedó boquiabierto.

—¿Cómo es eso? —preguntó—. ¿Qué pasa con el alquiler?

—Ya ha sido pagado, señor Douthit —dijo ella con una amplia sonrisa—. Ahora mismo no debe ni un penique de alquiler. Está pagado hasta fin de mes, lo cual es mañana. Bueno, ¿no le hace eso sentirse mejor?

—Le juro que sí, señorita —dijo—, pero aún no veo cómo pudo hacerse. Debía el alquiler desde hacía tres meses, señorita.

—Lo sé. Pero ahora ya está solucionado. No tendrá que volver a preocuparse al respecto. Nuestro Departamento raramente hace cosas como esta, salvo en casos extremos, pero estoy tan profundamente interesada en su caso que fui a hablar con la señora... —se detuvo y se mordió los labios—. Fui a ver a nuestra directora y le dije que su caso era extremo e insólito, y recomendé una acción directa e inmediata. Por supuesto, este es mi primer caso desde que entré en el Departamento y estoy ansiosa por empezar con buen pie. Pensé que si podía enderezar su caso sería una gran ayuda en mi carrera. Naturalmente, quiero triunfar desde el principio.

—¡Que me aspen si alguna vez pensé que esto sucedería! Ese alquiler llevaba tanto tiempo pendiendo sobre mi cabeza que ya había decidido que era inútil seguir preocupándose por ello. Por lo más santo que en esta parte del mundo hay gente buena, después de todo. Yo ya había decidido que en este lugar crecía la peor gente. ¡Ahora podemos quedarnos y no preocuparnos de pagar! Deje que vaya a decírselo a Maud...

Ya estaba casi en pie cuando ella le cogió del brazo y le obligó a volver a sentarse.

—¡Espere, por favor! —dijo, excitada—. Déjeme terminar lo que tengo que decirle, señor Douthit. Debería conocer la historia completa antes de contársela a su esposa, porque no debemos dejar en el aire malentendidos. ¡Sería de lo más desafortunado!

La señorita Saunders miró hacia la puerta antes de proseguir.

—Tenemos una muy buena razón para pagarle el alquiler. Las investigaciones revelaron que usted debía tres meses, cuarenta y cinco dólares en total. También está el asunto de las facturas del agua y de la luz, las cuales son, en conjunto, relativamente pequeñas. También nos ocuparemos de ellas, por supuesto. Bien, la razón de que estemos haciendo esto por usted es que queremos que coja a su familia y se la lleve de vuelta a su antiguo hogar.

—¿Beaseley County? —dijo él, alzando la voz un tono.

—Sí, Beaseley County, si es donde vivían antes de mudarse aquí. Pero, por favor, recuerde que no estamos forzándole a mudarse: estamos simplemente ofreciéndole ayuda para que no permanezca aquí en contra de sus deseos. Por otra parte, si usted no se va, entonces nos veríamos obligados a dejar de pagarle el alquiler.

—¿Quiere decir que si me quedo aquí no me pagarán el alquiler?

—Eso es.

—Eso me suena a que ustedes no desean que esté aquí —dijo Spence—. Pensaba que simplemente tenían buen corazón.

La señorita Saunders había vuelto a ponerse nerviosa. Se inclinó hacia adelante con ansiedad.

—Por favor, no me malinterprete, señor Douthit —suplicó—. Por supuesto, usted me gusta y creo que es una excelente persona. Pero espero... bueno, creo que usted sería mucho más feliz volviendo a su antiguo hogar. ¿No lo ve?

Él la miró durante unos momentos y en ese intervalo ella se

acercó más y le palmeó la mano. Se daba cuenta de que ella esperaba expectante a que decidiera lo que iba a hacer.

—Bueno —dijo finalmente—. Creo que preferiría volver a Beaseley County.

Ella le apretó la mano y sonrió con alivio.

—¡Oh, estoy muy contenta de que decida irse, señor Douthit!

Spence se volvió e intentó ver a Mavis a través de las cortinas. Quería contarle a alguien el gran golpe de suerte que había recibido. Volvió a mirar hacia la ventana, pero no pudo ver ni a Mavis ni a Florabelle. Creyó oírlas corriendo por el dormitorio.

—Ahora, recuerde, señor Douthit —dijo la señorita Saunders—, estamos haciendo esto porque queda bien entendido que se lleva a Mavis con usted. Si no fuera por ella, no podríamos usar nuestros fondos de este modo. Y, por supuesto, también se llevará a su hija mayor.

—No se preocupe por Libby. Hoy mismo se va a casar con Jim Howard y con eso queda bien cuidada. Quien se case con Jim Howard no tendrá que volver a preocuparse de nada, porque Jim Howard tiene tanto sentido como el que más. Él se ocupará de que a Libby no le falte de nada.

—Eso es estupendo —dijo ella—. En ese caso, será mucho más fácil para usted vigilar a Mavis. Cuando vuelva a casa, señor Douthit, déjeme sugerirle que se quede allí. Una ciudad como esta, con una población de casi medio millón de personas, no es lugar para usted ni para Mavis. La lucha constante por cubrir las necesidades básicas de la vida acaba siendo demasiado para algunos. Además de eso, hay muchos que simplemente no pueden resistir las tentaciones que ofrece una ciudad de este tamaño. Lo más sensato para usted es volver a casa y quedarse allí. Si yo fuera usted, no volvería a pensar en dejar mi hogar. Por encima de todo, por favor, no vuelva aquí.

—Esto me habría gustado de haber encontrado un trabajito y poder sacarle algo grande. El problema es que no he podido ganarme la vida desde que la fábrica de pólvora cerró, dejándome tirado aquí en Pobre Chico.

—Bueno, eso carece ya de importancia, señor Douthit. Se va y ya no tendrá que vivir en Pobre Chico ni un día más. Mañana, a primera hora, estará de camino a casa.

—Creo que me entristece pensar en irme —dijo Spence, mirando hacia la calle—. Me pongo a pensarlo y entonces odio marcharme. Quizá si lo pospusiera un tiempo, en otro mes o dos volvería a cambiar de opinión.

La señorita Saunders cerró los ojos durante un momento. Él percibió que tenía un aspecto mucho más cansado que unos minutos antes. Mientras la miraba en silencio, ella abrió los ojos e, inclinandose de nuevo hacia delante, puso su mano en la de él.

—Por favor, señor Douthit —dijo débilmente—. Por favor, vuelva a casa. ¡Hágalo por mí, señor Douthit!

Spence asintió.

—Supongo que no tiene usted el dinero para los billetes de autobús, ¿verdad? —preguntó la señorita Saunders, negando con la cabeza como si le estuviera apuntando la respuesta—. No lo tiene, ¿verdad?

Spence negó con la cabeza, como ella.

—Me olvidé de esa parte, señorita —dijo—. No lo tengo, eso es todo.

Ella sonrió y se enderezó un poco.

—Nos encontraremos en la estación de autobuses mañana por la mañana y yo le compraré los billetes —dijo, dándole una última palmada en la mano—. Y ahora, ¿eso no lo vuelve todo magnífico?

—No estoy acostumbrado a que una mujer extraña pague por mí —dijo muy serio—. No puedo hacer eso.

—¡Pero son las normas! —exclamó ella con nerviosismo—. El Departamento de Asuntos Sociales nunca suministra transporte por otro medio que ese. ¡A la señora Jouett ni se le ocurriría manejar el asunto de otra manera!

—Entonces no iré —dijo rotundamente—. Prefiero quedarme justo donde estoy antes que coger dinero de una mujer.

—¡Por favor, señor Douthit! —suplicó ella.

Spence sacudió la cabeza firmemente.

—¡Hágalo por mí, señor Douthit! ¡Esta vez hágalo por mí!

—Nada.

—¿No lo hará?

—Nada.

La señorita Saunders suspiró profundamente y se inclinó hacia delante. Aguardó esperanzadamente, mirándole a la cara. Vio que la miraba con el rabillo del ojo y se acercó aún más. Lentamente, él volvió la cabeza hacia ella. Esperó un largo rato antes de volver a hablar.

—¿Se irá si le dejo ahora aquí el dinero de los billetes? —preguntó.

—Eso es diferente, señorita —respondió él alegremente—. Estaré encantado de tener el dinero hasta que llegue el momento de sacar los billetes. Eso sí podría ser, de acuerdo.

La señorita Saunders se puso en pie bruscamente y abrió su bolso. Él la vio sacar un rollo de billetes.

—Aquí hay treinta dólares, señor Douthit. Se los voy a dar para los billetes de autobús. Sin embargo, quiero que sepa que estoy violando una regla muy rigurosa al hacer esto. ¡Bien, prométame que comprará los billetes!

—Oh, lo haré, señorita —le aseguró mientras alcanzaba el dinero. Cogió los billetes como si fueran telarañas que fueran a desintegrarse ante sus ojos si no los manejaba con cuidado. Los desenrolló para inspeccionarlos por ambos lados.

—Haga lo que haga, no me falle, señor Douthit. Si la señora Jouett descubre alguna vez que no he sacado yo misma los billetes, nunca me perdonará. Este es mi primer caso desde que me gradué y simplemente no puedo fallar, porque mi carrera significa mucho para mí. Bien, le aconsejo que venda sus muebles por lo que le den y que lo haga lo más pronto posible, para poder salir por la mañana. Estaré en la estación de autobuses para verle marcharse. El autobús sale a las siete en punto. ¡Por favor, no me falle, señor Douthit!

—Claro que no, señorita. Y lo mejor de todo es que ya no tendré que hacer el tonto con Bubber. Se escapó antes de que pudiera...

—¿Bubber? ¿Quién es ese?

—Bubber es el tipo que iba a casarse con Mavis antes de este golpe de fortuna. Todo estaba preparado para que él y Mavis se casaran y luego él me prestaría el dinero para el viaje de vuelta a Beaseley County. Se escapó hace un rato y yo ya no sabía qué hacer.

—Está muy bien que se haya escapado, señor Douthit. Mavis es demasiado joven para casarse. Sería absolutamente indecente a su edad. Me alegro de verdad de haber venido hoy.

—Yo también, señorita. Me salva de un montón de preocupaciones respecto a Bubber. Lo que es por mí, que se quede dondequiera que esté. Yo creo que era medio tonto, si alguna vez he visto a uno. Tendría que haberle visto sonreír. Sonreía todo el rato, como un idiota integral.

La señorita Saunders se irguió y extendió la mano. Spence la apretó fuertemente.

—Ahora recuerde lo que le dije —repitió—. Todo esto se ha hecho a condición de que se lleve a su familia de vuelta a su antiguo hogar.

—No tiene que preocuparse por nada, señorita —dijo, sacudiendo su mano enérgicamente—. No lo olvidaré mientras viva.

—Entonces no olvide estar en la estación de autobús a primera hora. El autobús sale justo a las siete.

—Allí estaré, señorita.

No había acabado de decirlo cuando vio que la señorita Saunders se apartaba de él, retrocediendo. Tenía los ojos desorbitados de terror y le temblaban los labios. Se volvió y miró a sus espaldas. Maud, con las manos en las caderas y el camisón rosa enrollado alrededor de la cintura, miraba amenazadoramente a la señorita Saunders. No decía una palabra, pero Spence sabía que era cuestión de segundos que empezara a chillarle a la señorita Saunders. Se metió el rollo de billetes en el bolsillo y siguió a la señorita Saunders por el camino hacia la calle.

—¿Qué te dije la última vez? —gritó Maud.

—Venga, Maud, tasca el freno, como digo yo —dijo autoritariamente.

—¡Tú cierra la boca, Spence Douthit! —dijo ella en voz alta e iracunda.

Spence retrocedió, disipado su valor.

La señorita Saunders ya estaba a medio camino del coche y apresuró aún más el paso para llegar a él.

—¡Se me está ocurriendo plantarme ahí y sacarte los ojos! —le gritó Maud—. ¡No me prestaste ninguna atención cuando te dije que te mantuvieras lejos de aquí, verdad! ¡Me muero por poner las manos en una vendedora de corbatas hija de puta! Me conozco todos tus truquitos porque he estado vigilando a cada una de ellas desde que empezaron a venir por aquí fingiendo vender corbatas. ¡No me engaña ninguna de vosotras! ¡Sé de sobra lo que sois! ¡Llegáis aquí meneando el trasero y ponéis al hombre tan salido que no hay manera en este mundo de Dios de que una buena mujer lo satisfaga!

Maud bajó corriendo la escalera y la señorita Saunders se

metió en el coche a toda prisa. Se precipitó sobre el volante y al momento el coche salía disparado calle abajo en medio de una nube de polvo. Spence, fuera del alcance de Maud, miró cómo el polvo se disipaba. Tenía la mano metida en el bolsillo, donde podía tocar el rollo de billetes, pero temía mirarlos mientras Maud estuviera allí. Aguardó hasta que volvió a meterse en la cocina rezongando para sus adentros.

CAPÍTULO 11

Spence apretó los dedos en torno al rollo de dinero hasta que la palma se le quedó caliente y húmeda. Era más dinero del que había visto junto, mucho menos poseído, desde la última paga en la fábrica de pólvora. Y ahora que, después de tanto tiempo, tenía tanto dinero, se sentía impulsado a decírselo a alguien. Corrió a la casa.

¡Maud! −la llamó, excitado−. ¡Mira esto, Maud!

Maud se había acostado en el camastro y apretaba la cara contra la pared; cuando se giró, su expresión era hosca y malhumorada. Spence se sentó en un lado del camastro y extendió la mano, sosteniendo el dinero ante sus asombrados ojos.

−¿Qué es eso? −preguntó.

−¡Es dinero, Maud! ¡Dinero como Dios manda!

−¿Para qué?

−¡Es el pasaporte para volver a casa!

−¿De dónde lo has sacado?

−Me lo dio esa amable señora. Incluso fue y pagó el alquiler atrasado, y luego me dio estos treinta dólares además. Bien, esto es lo que yo llamo verdadera vecindad. No hay mucha gente en el mundo que haga un favor como este.

−¿Por qué lo ha hecho?

−¿Por qué?

−¡Ya me has oído! ¿Por qué?

−¡Maldita sea, Maud, qué importancia tiene por qué lo ha hecho! −gritó, impaciente−. ¿No es bastante con que fuera y lo hiciese? Además, los grandes golpes de suerte no le llegan todos los días del año a la gente como nosotros. ¡Es una verdadera oportunidad!

—A mí me parece de lo más sospechoso —dijo ella, tocando el rollo de dinero con los dedos. Spence apretó firmemente el extremo del rollo—. No me fío de nada de esto.

De pronto lanzó la mano al dinero, pero Spence estaba en guardia ante el intento y lo apartó y lo escondió a la espalda.

—¡Oh, no, no lo harás! —gritó, mientras la empujaba sobre el camastro—. ¡Soy el gallo de este corral cuando se trata de guardar el dinero!

Maud se irritó.

—Nunca he visto ni oído que alguien se sacara el dinero del bolsillo y pagara el alquiler sin ninguna razón. No me gusta el aspecto que tiene todo esto.

—La amable señora sólo ha querido hacer con nosotros una buena acción, Maud. Hay personas en el mundo que dedican su tiempo a hacer buenas obras. Simplemente hemos sido lo bastante afortunados para cruzarnos con una de ellas. Eso es lo que ha sucedido.

—Yo tengo mis sospechas sobre las cosas que caen del cielo —dijo ella—. No soy tonta, Spence Douthit.

—Yo tampoco —dijo él, asintiendo—. Por eso me lo guardo como lo he hecho.

Los labios de Maud se apretaron hasta formar una fina línea en su rostro. Spence se alejó cuanto pudo hasta los pies del camastro, lejos de su alcance.

—Hemos vivido en el arroyo toda nuestra vida, tal como dijo Jim Howard, y nunca hemos tenido ocasión de encontrar gente como esta. Jim Howard fue a la guerra y sus ojos se abrieron, y nosotros vinimos aquí desde Beaseley County y los nuestros también se han abierto. Si hay en el mundo una señora tan amable como ella, tiene que haber un montón más, y desde ahora estaré atento para detectarlas. Pudiera ser que se presentase alguna otra muy pronto, y luego otra más. Algo así puede durar toda la vida y ya me he decidido. Pienso coger todo lo que se me presente a partir de ahora. No tiene sentido estar sin nada cuando hay gente cuyo trabajo es regalar dinero. Quizá a partir de ahora ya no tenga que preocuparme más por pagar el alquiler y tener dinero para comer.

—¡Tú no me engañas, Spence Douthit! —dijo Maud en un acceso de ira—. ¡Esa mujer quiere que la magreen y nada más! —echó la colcha a un lado y se puso en pie de un salto—. ¡Cuando acabe con ella deseará no haber conocido la diferencia entre un buen nabo y el mango de una azada! He visto muchas como ella en mi vida y todas vienen a lo mismo. Cuando no son corbatas, fingen que es cualquier otra cosa.

—Mira, Maud, la señora no ha mencionado nada parecido desde que viene por aquí.

—¡Quizá no lo haya mencionado, pero lo da a entender de sobra! —Maud estaba completamente enfurecida.

—Maldita sea, Maud, no te sulfures por una tontería como esta. La amable señora sólo nos ha dado el dinero porque quería ayudarnos. Ni siquiera hizo la menor alusión a querer algo a cambio, salvo que Mavis pudiera venir también, si quería. Hay algunas personas buenas en esta parte del mundo y tú no te darás cuenta hasta que los ahuyentes. Ella es simplemente una de esas personas, eso es todo.

—¡Ella es simplemente una de esas margaritas que andan buscando una abeja que las zumbe cerca! —djo Maud con voz estridente—. Esas margaritas no me engañan. ¡Lo sé todo al respecto porque en su día yo también quería que me zumbasen alrededor!

Spence se levantó y caminó cautelosamente por la estancia

mientras Maud avanzaba hacia él. Le miró las manos y ella se puso en jarras. Finalmente, se vio acorralado contra la pared.

—¡Mataré a esa prenda como vuelva a verla revoloteando por aquí como una novia buscando la cama en la oscuridad! —gritó Maud en la cara de Spence. Vio como meneaba amenazadoramente ambos brazos ante él—. Si sabe lo que le conviene, irá en busca de otro hombre, porque tú ya no le servirás de mucho después de que te rompa la crisma. Habrá algunas mujeres que se apoltronen y se hagan las sordas cuando una guarrona mariposea cerca como ha estado haciendo esa tipa, pero yo no soy una de ellas.

—Venga, no vayas a cometer alguna imprudencia, Maud —suplicó él.

—¡Imprudencias es lo que pienso cometer! —replicó—. ¡Estoy furiosa y lo digo como lo pienso! Ya pasaron los tiempos en que me quedaba a un lado mirando como una tonta mientras una guarrona andaba por aquí. ¡Me estás escuchando!

—Escucho cada palabra que dices, Maud —alegó—. Ahora cálmate y no te sulfures por una tontería como esta.

Maud descargó el antebrazo contra un lado de su cabeza. Él ya esperaba el golpe, pero se sorprendió al notar lo mucho que dolía cuando llegó. Se cubrió la cara con los brazos para protegerse. En vez de golpearle de nuevo, que era lo que él esperaba en cualquier momento, Maud se quedó frente a él, jadeando a causa del esfuerzo, y aguardó a ver si él intentaba escaparse de nuevo. Spence mantenía los brazos ante la cabeza mientras la vigilaba con un ojo.

—Bien, a partir de ahora, mantente lejos de esa guarrona, Spence Douthit, o voy a romperos la crisma a ambos más rápidamente que a una molesta mosca volando.

Por el rabillo del ojo, Spence observó que había alguien en el umbral de la puerta. Esperó a asegurarse de que Maud no fuera a pegarle de nuevo y luego volvió la cabeza para ver de quién se trataba. Era Floyd Sharp.

—¡Entra aquí al fresco, Floyd! —le llamó con urgencia— ¡Pasa, Floyd! ¡Me alegro mucho de verte!

—¿Qué escándalo es este?— preguntó Floyd, entrando en la estancia y mirándoles con curiosidad—. ¿Tenéis algún problema?

—Nada, Floyd —dijo Spence rápidamente—. Nada en absoluto. Maud y yo sólo estábamos hablando de esto y lo otro. Yo nunca estoy tan ocupado como para no dejar de hacer lo que esté haciendo y recibirte, Floyd.

Spence agitó el brazo en dirección a Floyd, metiéndole prisa para que entrara. Floyd se detuvo en mitad del cuarto.

—Así que hablando, demonios —dijo, mirando a Maud con suspicacia—. En mi pueblo a eso le llaman bramar. Se oía el escándalo desde una manzana más allá. Pensé que estaban asesinando a alguien.

Maud le dedicó a Floyd una mirada dura y fría. Él respondió al saludo moviendo la cabeza en dirección suya un par de veces.

—Ya he dicho lo que tenía que decir, Spence Douthit —dijo ella, volviendo la vista a Spence—. Y mejor que cierres la boca en vez de intentar poner a Floyd Sharp de tu lado.

—¡Ay Dios!, señora Douthit —protestó Floyd—. Sólo sentía curiosidad, eso es todo. No pretendía inmiscuirme en lo que no me incumbe, porque sé perfectamente no inmiscuirme en la vida de nadie. Tengo mis propios problemas con mi vieja. No quisiera tener más.

Maud sacudió la cabeza y se dirigió altivamente a su camastro. Cuando llegó a él, empezó a buscar bajo la colcha su camisón. Floyd la contemplaba totalmente absorto.

—¿Dónde está Mavis? —chilló Spence—. Corrió hacia la puerta del dormitorio y miró dentro—. ¡No está! ¡Se ha ido!

Maud se aproximó a la puerta a comprobarlo por sí misma.

—¿Qué demonios ha pasado, Maud? —preguntó él, temblando de inquietud—. Mavis no está aquí.

—Supongo que simplemente se levantó y se fue —replicó Maud, resignada. Meneó la cabeza mientras se alejaba de la puerta—. Recuerdo haber oído a los dos chicas susurrando y andando de puntillas por el cuarto hace sólo un rato. En ese momento me dije que se habrían levantado a por algo, pero no pensé que huirían.

—Apuesto lo que sea a que Mavis nos oyó hablar de volver a casa —dijo—. Hablamos de eso ahí en el porche y luego aquí dentro y ella pudo oírlo todo —miró a Maud con desamparo—. Eso es lo que ha pasado, más seguro que nada.

—Si hay algo que ella no quiere hacer es volver a Beaseley County —convino ella.

—¿Quién se va a Beaseley County? —interrumpió Floyd.

—¡Nosotros! —dijo Spence con orgullo—. ¡Estamos preparándonos para partir ya mismo!

—¿Cómo vais a hacerlo? —preguntó, escéptico.

—¡El alquiler de mi casa está pagado y además tengo treinta dólares en metálico!

—Estás bromeando —dijo Floyd, mirando primero a Spence y luego a Maud—. ¿No estás bromeando?

—Hemos hecho nuestros planes —dijo Maud muy tiesa.

—¡Vaya, Dios mío! —dijo Floyd, atónito, contemplando su sonrisa de superioridad—. ¿Cómo ha sido eso? —se volvió y esperó a que Spence hablara.

—Ha sido cosa de una amable señora que tiene la costumbre de ayudar a gente que está en apuros —explicó Spence con orgullo. Sacó el rollo de billetes del bolsillo y se lo mostró orgullosamente a Floyd—. ¡Esto prueba que no miento, Floyd!

—¡Oh, Dios! —murmuró Floyd sobrecogido. Tocó los billetes con la punta del dedo—. ¡Mira cuánto dinero!

—No hay una hembra que le dé a un hombre con pantalones treinta dólares en metálico sin esperar algo a cambio —dijo Maud, desafiante. Miró a uno y luego al otro como retándoles a que le llevaran la contraria.

—Bueno, esta dama no espera nada —dijo Spence.

—Deja que intente sacar algo de ti —dijo Maud—. Podré ser débil y canija, pero nunca he sido tan débil como para no arrancarle los pelos a una hembra como esa. Cuando acabe con ella, lloverá en el desierto antes de que se le ocurra volver a rondar mi casa.

—Señora Douthit —dijo Floyd rápidamente—, si no quiere que Spence coja dinero de ella, muéstrele el camino de mi casa. Mi vieja no sería picajosa, aunque descubriera lo que estaba pasando.

—Yo me ocuparé de mis asuntos, Floyd Sharp, y tú ocúpate de los tuyos. Si hay dinero de por medio, yo sabré cómo agenciármelo sin ayuda tuya. En todo caso, no me gusta que los extraños vengan aquí a decirme lo que tengo que hacer.

—Bueno, señora Douthit, no pretendía molestar. Una mujer tan bonita como usted no tiene que preocuparse por nada en este mundo. Una mujer bonita y con sus encantos no tiene que cederle el asiento a nadie.

Maud sonrió con timidez y una expresión complacida apareció en su cara. Sacudió la cabeza hacia atrás y miró a Spence apuntándole con la nariz.

—Bueno, ¿has oído eso, señor Listillo?

Inclinándose con delicadeza, recogió su camisón, se lo echó al brazo y salió lánguidamente del cuarto para ir a la cocina.

Floyd siguió contemplando la puerta de la cocina hasta mucho después de que Maud hubiera desaparecido.

—Dios mío, lo que daría por que mi vieja tuviera los encantos que tiene la señora Douthit —dijo con aire desdichado. Ambos se volvieron y escucharon cómo Maud movía cacerolas en la cocina—. Cuanto más lo pienso, peor me siento. Tendré que cargar con mi vieja hasta el fin de los tiempos y cada día tiene peor aspecto. Supongo que es culpa mía, porque ya tenía el culo escuálido antes de que me casara con ella y tendría que haber sabido lo que me esperaba. No me queda otra que resignarme y no esperar que vaya a tener nunca un aspecto tan bueno como el de la señora Douthit.

—Si llevaras tanto tiempo con ella como yo sabrías que no tiene gran cosa que mostrarle a un hombre fogoso —dijo en tono despreciativo. Desenrolló el dinero y empezó a contar los billetes—. Diez, quince, veinte, veinticinco...

—Si hay un hombre con suerte en Pobre Chico, ese eres tú —dijo Floyd con envidia mientras miraba cómo Spence pasaba los billetes con los dedos—. Los malditos Douthit os habéis puesto el mundo por montera. ¡Por Dios! Nadie más que un maldito Douthit sería tan suertudo como para que le diera dinero una extraña.

—¡Treinta dólares! —anunció Spence con orgullo, doblando los billetes y metiéndose el dinero en el bolsillo—. ¡Y cada dólar es auténtico!

Tras lanzar una rápida ojeada a la puerta de la cocina, Floyd se acercó a Spence.

—¿Qué hiciste para conseguirlo, Spence? —le susurró al oído—. Yo podría hacer lo mismo que tú.

—No mucho —dijo Spence.

—¿Dónde sucedió? —preguntó Floyd, mirando la puerta.

—Ahí en el patio delantero —dijo Spence, señalando la puerta con el pulgar.

Floyd retrocedió y le miró severamente.

—¡En el patio delantero! ¡Ahora sé que estás mintiendo!

—No estoy mintiendo —dijo Spence con énfasis—. Estaba de pie ahí afuera y alargué la mano. Eso fue todo el asunto.

—¿Y ella te dio el dinero sin más? ¿No tuviste que esconderte con ella entre los matorrales ni nada?

—Así es.

—¡Vaya, anda que no es la cosa!

—Para empezar, tuve que prometerle llevarme a Mavis conmigo. Pero ahora ha huido y estoy metido en un buen lío.

—Quizá vuelva.

—Ella quiere quedarse aquí —dijo Spence, sacudiendo la cabeza—. Por eso ha huido como lo ha hecho. Durante un tiempo, no sabía si vendría y me sentía muy inquieto, porque tenía a Bubber esperando para casarse con ella. Entonces él se escapó, pero en eso volvió Mavis. Ahora que la necesito para otra cosa, vuelve a irse.

—¿Bubber? ¿Quién es ese?

—Bubber es el muchacho con cara de estúpido que tenía encerrado aquí hasta que saltó por la ventana y salió corriendo. Salió por piernas, pero se dejó la ropa, así que no puede haber ido muy lejos yendo así.

—Vaya, Spence. Cogí a uno como ese escondido en esa pequeña leñera que tengo detrás de mi casa. Tenía un susto de muerte, pero aun así sonreía todo el rato, y yo le dije que podía quedarse hasta que se hiciera de noche. Ahora mismo está allí. No le vi sentido a echarlo a la luz del día yendo desnudo. Debe de ser el mismo, seguro.

—Bueno, ya no le necesito —dijo Spence. Meditó el asunto durante un momento—. Aun así, sería una pena no hacer uso de él. Después de toda la guerra que me ha dado, debería devolvernos algo. ¿Puedes aprovecharlo, Floyd?

—¿Aprovecharlo para qué?

—Para lo mismo que pretendía hacer yo. Haz que se case con una de tus hijas y luego pídele algo de dinero para que puedas volver a tu casa.

—Justine es la mayor y sólo acaba de cumplir doce años. Me daría miedo hacer algo así. No quiero meterme en líos.

—¿Qué pasa con tu vieja?

Floyd sacudió la cabeza.

—Eso no serviría, porque yo nunca podría encontrar a otra mujer que se casara conmigo con los apuros que tengo.

Spence cogió una de las sillas y la inspeccionó críticamente. El asiento de mimbre aparecía roto y pelado, pero, por lo demás, estaba en buenas condiciones.

—Si no quieres usar a Bubber, quizá quieras mis muebles. No voy a necesitarlos más porque nos vamos de aquí mañana por la mañana a las siete en punto —Spence se dirigió al dormitorio con Floyd pegado a sus suelas—. ¿Qué te parecería tener una buena cama de matrimonio, Floyd? No te costará mucho porque no estoy tan pobre como antes. Puedes quedarte la cama grande y los dos catres pequeños, la radio, las sillas y todos los demás cachivaches por casi nada.

Floyd se sentó en la cama y botó sobre el colchón. Apartó las sábanas y palpó la tela.

—¿Cuánto pides?

—Casi nada, Floyd. Tengo que deshacerme de todos estos muebles con urgencia, así que puedes poner el precio tú mismo. No quiero robarte en un momento como este, considerando lo amigos que hemos sido siempre.

—No podría pagar mucho, amigos o no —dijo Floyd.

—No quiero pedir mucho. Pon tú el precio. Para mí lo más importante es deshacerme de todo esto para poder irme mañana sin más problema.

—Bueno, si te va a ayudar como dices, te lo compraré —convino Floyd—. Por supuesto, ahora mismo no llevo nada encima.

—¿Qué hay de esa tiendecita tuya? —sugirió Spence—. Tienes que tener algo de efectivo para llevarla, ¿no?

—Hay unos pocos dólares escondidos en alguna parte de la casa —admitió—. Los tengo guardados por si surgiera algo importante.

—Me fío hasta que vayas a casa —dijo Spence—. Te llevas un viaje de muebles, buscas el dinero y luego vienes a por otro viaje. Puedes dármelo entonces —Spence pensó en el dinero durante un momento—. Quizá sea mejor que te acompañe, Floyd, y me lo puedes dar ya.

—¿Bastaría con cuatro o cinco dólares? —preguntó Floyd en voz baja.

—¡Cuatro o cinco dólares! —repitió Spence en voz alta—. Eso no es dinero. Vaya, si estos muebles me costaron muchísimo más cuando trabajaba en la fábrica de pólvora.

—Pero ya no trabajas allí —le recordó Floyd—. Los tiempos han cambiado mucho desde entonces. Unos pocos dólares, como cuatro o cinco, ahora en Pobre Chico es un montón de dinero.

Spence asintió de mala gana.

—Había olvidado que esto sigue siendo Pobre Chico —dijo—. Desde que la señora me dio treinta dólares he dejado la mente vagar. Ve y llévate los muebles a ese precio, Floyd. Tengo estos treinta dólares en el bolsillo; puedo permitirme dejártelos baratos.

Floyd retiró el colchón de la cama y luego los muelles y empezó a desmontar los travesaños. Cuando hubo desmontado la cama, cargó con todo lo que pudo y se dirigió tambaleándose hacia el porche. Spence cogió un par de sillas, la radio y las patas de la cama y le siguió por la calle. Se dirigieron a casa de Floyd con los pesados enseres a cuestas, bamboleándose de un lado a otro de la calle mientras los vecinos se preguntaban cómo se las habría arreglado Spence para conservar tanto tiempo toda aquella cantidad de muebles.

Capítulo 12

Era ya última hora de la tarde cuando terminaron de llevar todos los muebles a casa de Floyd. Lo único que Spence se había dejado atrás era la estufa de la cocina, ya que siendo propiedad del casero le daba miedo dejar que Floyd se la llevase. Cuando llegó la hora de llevarse el camastro, Maud estaba dormida en él; protestó violentamente y les llamó a ambos todas las cosas que se le ocurrieron. Al principio, Spence trató de razonar con ella, explicándole que había tenido que vender todo el mobiliario antes de la partida, pero cuando se dio cuenta de que nada de lo que decía causaba la menor impresión en ella, la agarró por la cintura y la sujetó mientras Floyd sacaba el camastro y corría para su casa con él. Maud se quedó con sólo una pila de ropa vieja por todo colchón y cuando empezó a protestar por ello, él le dijo que podía aguantarse sin el catre por una sola noche, teniendo en cuenta que se iban al día siguiente a primera hora. Sin embargo, la perspectiva de marcharse y volver a Beaseley County no era suficiente para sustituir en su imaginación el camastro, así que continuó gritando y arañando hasta que se sintió demasiado débil para seguir peleando por su lecho. Terminado el asunto, Spence fue al patio trasero y sacó la ropa de Bubber de su escondite bajo los escalones del porche. Se apresuró a volver a casa de Floyd y luego esperó en el patio mientras Floyd distribuía a su gusto el nuevo mobiliario por las dos habitaciones. Encontró dificultades para encajar la cama de matrimonio en el dormitorio, junto a las otras camas y catres, y no pudo posarla sobre sus cuatro patas hasta que se le ocurrió la idea de desplazar una de las paredes haciendo palanca desde el antepecho y empujándola alrededor de medio metro sobre el suelo. Hecho esto, salió a encontrarse con Spence.

—Es la primera vez que tengo suficientes camas en casa para que todo el mundo tenga un sitio para dormir al mismo tiempo —dijo Floyd, mientras se sentaba en el borde del porche. El sol iba descendiendo y el resplandor dorado suavizaba las profundas arrugas que las preocupaciones y la ansiedad habían tallado en su rostro. Spence le miró con un sentimiento de profunda compasión. Le constaba que Floyd era una persona cuya lucha por la existencia era más desesperada y descorazonadora que la suya—. Pero considerando lo rápido que vienen, no pasará mucho tiempo hasta que la próxima tanda de mocosas venga a apelotonarnos otra vez —Floyd volvió la cabeza y contempló el encendido casco del horizonte—. Te juro por Dios que desearía que hubiera un modo de que mi vieja parase durante una temporada. A este paso, dentro de diez años tendré más hijas de las que podrían tener dos hombres juntos. Cuando pienso en ello en momentos como este, todo lo que puedo decir es que es una maldición que Dios ha lanzado sobre los pobres. Los ricos aciertan más a la hora de conseguir que les salgan niños. Las niñas les salen a los pobres. No es justo.

—Lo mismo me pasó a mí —convino Spence—. La única diferencia es que nunca pude explicarme si tenía niñas porque era pobre o si era pobre porque tenía niñas. Aun así, lo mires como lo mires, al final es lo mismo. Parece claro que los pobres tipos como yo y como tú no levantamos cabeza hagamos lo que hagamos, y por eso he decidido no hacer nada más. Simplemente, no vale la pena pasarse la vida peleando y quejándose para acabar mal igualmente.

Después de eso, permanecieron largo rato en silencio. Cuando el sol desapareció finalmente, Spence se levantó y enrolló el montón de ropa en una pelota apretada. Metiéndose el fardo bajo el brazo, echó a andar hacia la pequeña leñera de detrás de la casa.

—Quiero deshacerme de la ropa de Bubber —le dijo a Floyd—. Bubber ya no me sirve para nada, así que me daré la satisfacción de devolverle sus cosas para que pueda irse a casa.

Floyd se levantó y siguió a Spence, doblando la esquina de la casa y cruzando el baldío lleno de matojos que rodeaba la leñera. La puerta de la leñera estaba cerrada y, antes de abrirla, Spence se asomó a la ventana y miró dentro. Al principio no pudo ver nada, así que limpió el polvo del cristal y volvió a mirar. El fardo de ropa se le cayó al suelo mientras apretaba la cara contra el vidrio.

—¿Qué ocurre? —dijo Floyd en un susurro.

Sin apartar los ojos, Spence empezó a hacerle señas a Floyd con rápidos movimientos de excitación.

—Ven aquí, Floyd... ¡rápido! —susurró.

Floyd se asomó a la ventana, aplastando la nariz contra el cristal.

Floyd limpió más polvo del cristal y volvió a mirar antes de responder.

—¡Es Justine! —dijo Floyd con un temblor en la voz cuando se volvió y miró a Spence—. ¡Es ella, seguro!

Floyd se dirigió hacia la puerta, pero Spence le cogió del brazo.

—Oye, espera un minuto, Floyd —dijo Spence—. Será mejor que no entres ahí de esa manera. Él podría hacer algo desesperado —sacudió la cabeza mirando a Floyd—. Vamos a pensar...

—¡Dios mío, no hay nada que pensar, excepto lo que pienso hacerle! —dijo Floyd.

—Será mejor que no hagas nada hasta que sepas lo que estás

haciendo, Floyd —le advirtió Spence—. Hay gente que tiene que pasarse la vida superando lo que hicieron en un momento de precipitación. Tú aún no te has metido en problemas y no querrás estropearlo todo, Floyd.

Pudo ver que la cara de Floyd se contraía con nerviosismo a la débil luz del crepúsculo. Con los dedos se retorcía un botón de la camisa. Spence le apretó el brazo con más fuerza.

—¡Jesús, Spence, sé lo que me hago! —dijo—. ¡No hay nada que yo pueda hacerle que sea demasiado malo para un hombre que trata a una niña de esa manera! —su ojos se estrecharon con frialdad para mirar el botón, que se le había quedado en la mano—. ¡Ahora no me detendré ante nada!

—Quizá no todo sea culpa de Bubber, Floyd —dijo Spence—. Quizá ella... quizá Justine...

—Eso no tiene nada que ver. Es lo que le ocurre siempre a un pobre que se topa con un rico. Lo he visto pasar demasiado a menudo, de todas las maneras posibles, para no reconocerlo cuando lo veo justo en mi propio patio trasero. ¡Ya es hora de ponerle fin!

Floyd se soltó de Spence y corrió hasta el extremo de la leñera, donde arrancó un hacha de un tocón de madera. La oscuridad caía rápidamente y Spence pudo ver a varias de las pequeñas hijas de Floyd alrededor del fogón de la cocina, a la luz de la bombilla, unas yardas más allá.

—¡Detente, Floyd! —le suplicó, tratando de arrebatarle el hacha de las manos—. ¡No hagas algo que vayas a lamentar después!

Floyd apartó a Spence con un fuerte empujón.

—Desde ahora no voy a lamentar nada nunca más —dijo, abriendo de golpe la puerta de la leñera. Desapareció dentro y Spence se apresuró a seguirle.

Justine dio un grito infantil.

—¡Papi! —chilló.

—¡Quítate de en medio, Justine! —le ordenó—. ¡Ve a ese rincón y quédate allí!

Spence vio que Justine se separaba de Bubber a toda prisa y se agachaba muerta de miedo en un rincón. Empezó a meterse el extremo de su vestido en la boca mientras las lágrimas corrían por sus mejillas. Bubber se situó de un salto en el rincón opuesto. La sonrisa habitual del muchacho parecía habérsele congelado en la cara. Tenía los ojos redondos y desorbitados de terror.

—¡Por favor, señor! —suplicó Bubber mientras se apretaba contra la pared—. ¡Por favor, señor, no me haga daño! No es culpa mía. Se lo juro por Dios, no es culpa mía. Se presentó aquí y me pidió cincuenta centavos. Le dije que no tenía un centavo, pero ella insistió. Yo no empecé... ¡Fue ella! Pregúntele, señor. ¡Por favor, pregúntele! ¡Haga que le diga la verdad, señor! ¡Por favor, señor!

Floyd se volvió y miró a su hija, acurrucada en el rincón. Se había metido tanto vestido en la boca que no podía emitir el menor sonido. Las lágrimas continuaban rodando por sus mejillas.

—Por el amor de Dios, haga que se lo cuente, señor —sollozó Bubber. Se frotó los ojos con los nudillos en un intento de impedir que las lágrimas le cegasen—. Por favor, haga que le diga la verdad. Yo no he intentado obligarla a nada. Fue ella la que dijo que quería hacerlo. No fui yo, señor. Tiene que creerme. Le dije que no tenía dinero. Por favor, no me clave el hacha, señor... ¡Por el amor de Dios, no me haga daño!

Bubber aún estaba suplicando cuando Floyd echó el hacha hacia atrás y la descargó sobre él. La hoja desafilada le golpeó fuertemente de plano en la sien y casi al instante el muchacho se derrumbó sobre el suelo de la leñera con un débil quejido. Floyd levantó el hacha para un segundo golpe y lo mantuvo por encima de la cabeza mientras aguardaba algún signo de vida en el cuerpo. Al momento, Floyd soltó el hacha y se dirigió a la puerta.

—¡Dios Todopoderoso, Floyd! —dijo Spence, estremeciéndose de miedo y agitación—. ¡Dios Todopoderoso! —repitió una y otra vez.

Floyd permanecía en el umbral de la leñera mientras sus ojos se movían de un lado a otro, yendo del cuerpo inmóvil de Bubber a su hija. Sus manos empezaron a temblar y se apoyó en el quicio para no caer.

—No lo lamento —dijo Floyd con voz plana, como si hablase consigo mismo—. No lo lamento ni una pizca, ahora que está hecho. No lo lamento en absoluto. Lo haría otra vez si tuviese que hacerlo.

Justine se arañaba la cara y trataba de expulsar el vestido de la boca. Se había metido tanto que se estaba ahogando y no podía respirar. Floyd corrió hacia ella y, con cautela, tiró de la prenda para sacársela. Luego la ayudó a ponerse el vestido por la cabeza y abotonarse el cuello. A continuación la abrazó y la acunó mientras ella lloraba desesperadamente.

—¡Por favor, no me pegues! —suplicó histéricamente—. No, por favor, papi. No lo haré más. No lo haré nunca más. ¡Por favor, no me pegues! ¡Esta es la última vez, papi!

Floyd le secó las lágrimas de la cara y la meció tiernamente en sus brazos.

—Mi pequeñita —dijo, acariciándole el pelo y la cara—. Mi preciosa niñita. Mi preciosa niñita querida. Justine... Justine... Justine...

—¡Te lo prometo, papi! —sollozó llena de gratitud—. ¡Te lo prometo, papi! ¡Por favor, papi, te lo prometo!

Floyd ayudó a Justine a ponerse en pie y la condujo por la puerta, saliendo a la noche estrellada. Ella se colgaba de él,

llorando aún suavemente hasta que él le señaló la cocina ilumi-
nada.

—Entra en casa y cena, Justine —le dijo, dándole un suave
empujón.

—De acuerdo, papi —dijo ella, echando a correr entre los
matojos. Floyd la contempló hasta que hubo entrado en casa y
luego se encaminó lentamente hacia la leñera. Ya estaba oscuro,
pero la brillante luz de la luna le permitió hallar el camino hasta la puerta. Spence le siguió adentro y esperó mientras encendía una cerilla y la sostenía sobre el cuerpo de Bubber. La llama
le quemó los dedos y él los sacudió hasta apagar el fósforo.
Spence aguardó a ver cuál era su reacción.

Floyd encendió otra cerilla.

—Floyd —dijo Spence—, ¿qué piensas hacer?

—Primero tengo que pensarlo —dijo con calma—. Antes de
hacer nada tengo que dejar de pensar en lo que le ha obligado a
hacer a Justine. Esto nunca habría ocurrido si yo las hubiera
ahogado a todas ellas como dije. Esperé demasiado, eso es todo.
Sabía que esto iba a pasar más pronto o más tarde, porque se ha
pasado todo el verano por las calles pidiéndoles dinero a los
hombres. Yo lo sabía y es culpa mía por no haberla cogido a ella
y a las demás y llevado al canal, tal como dije. Yo soy el culpable. Esperé demasiado.

—Ahora será mejor que te pongas en marcha y hagas algo
con él, eso lo primero —dijo Spence, muy agitado—. No puedes
dejarle ahí así.

—Está muerto, ¿verdad? —dijo Floyd, aturdido.

—Más muerto que un clavo —dijo Spence—. Y tienes que hacer algo con él. No puedes dejarlo ahí.

—Tengo que deshacerme de él, eso está claro. Quizá me co-
jan antes o después, pero ahora no me importa lo que puedan
hacerme. Yo he cumplido con mi deber.

Salió afuera y se quedó de pie a la luz de la luna. Spence esperó en el umbral y contempló cómo las niñas jugaban en la cocina. Vio a Justine asomarse a la ventana y mirar hacia la leñera durante un breve instante.

—Supongo que esto es sólo el principio —estaba diciendo Floyd—. Detrás vendrán todas las demás y harán lo mismo antes de que pase mucho tiempo. En cuanto cumplan once o doce, hay que contar con ello. No conozco manera de parar esto, no mientras las tenga aquí en Pobre Chico, en todo caso. Saldrán por las calles igual que Justine y una vez que empiecen a sacarles dinero a los hombres no habrá límite para lo que harán después —se volvió y miró a Spence—. Spence, la peor plaga que Dios puede dejar caer sobre un hombre es hacerle pobre y darle un montón de hijas, como a mí.

Volvió a la leñera y encendió otra cerilla. Spence le oyó resoplar mientras cargaba el pesado cuerpo de Bubber y lo sacaba afuera.

—Tú quédate aquí, Spence —le ordenó—. Yo me ocuparé de esto. No quiero que te veas mezclado en algo que no te incumbe. Espera aquí hasta que vuelva. No tardaré mucho.

Se internó en la noche con el cuerpo de Bubber a la espalda. Spence pudo verlo mientras se hundía entre los matojos hasta las rodillas, en dirección al canal, a unas cien yardas más allá. En el canal varios perros ladraban pero ninguno estaba lo bastante cerca como para hacerle daño. La casa más cercana a la de Floyd distaba cincuenta yardas en dirección contraria y ningún vecino podía ver lo que estaba sucediendo.

Spence se sentó en el suelo y se recostó contra la pared de la leñera mientras esperaba a Floyd. Oía ladrar a los perros. Se dijo que él hubiera hecho lo mismo si Justine fuera su hija, pero, mientras lo pensaba, empezó a preguntarse si realmente él habría llegado al extremo de matar a un ser humano. No podía culpar a Floyd por lo que había hecho y sabía que, pasara lo que pasara, nunca se lo contaría a nadie, pero no podía evitar sentir que el hecho de que Floyd matara a Bubber no iba a servir para nada y no ayudaría a que las cosas fueran mejor. Mientras las niñas vivieran en Pobre Chico siempre habría hombres para tentarlas con dinero y regalos; cuando cumplieran doce o trece años, se escaparían de casa igual que había hecho Mavis. A esas alturas, la costumbre de pedir dinero a los hombres estaría tan fuertemente arraigada que no se la quitarían mientras viviesen. Spence meneó la cabeza débilmente. No podía encontrarle sentido a tratar de mantener la fe en la vida cuando no tenía el menor control sobre su propia existencia, ya que, independientemente de cuánto luchara contra el destino, nunca sería capaz de dominarlo. A la vez, sin embargo, no podía dejar de admirar los esfuerzos de Floyd para cambiar el curso de su existencia; pero, ganase o perdiese Floyd, Spence seguía pensando que la vida en Pobre Chico era tan fácil de prever como el amanecer y la puesta del sol, y ni siquiera un crimen iba a cambiar eso. Aceptando la pobreza como inevitable, él estaba resignado a vivir de ese modo lo que le quedaba de vida, fuera en Pobre Chico o en Beaseley County, de la beneficiencia o de la suerte. Lamentaba que Floyd no hubiese llegado a la misma conclusión antes de matar a Bubber; Floyd había cometido un crimen en una fútil rebelión contra su pobreza.

Oyó a Floyd venir entre las matas y se puso en pie de un salto. Floyd estaba sin aliento tras venir corriendo desde el canal.

—¿Qué ha ocurrido, Floyd? —preguntó.

—Lo hundí en el canal —dijo Floyd, haciendo una pausa para recobrar el aliento—. La corriente venía muy fuerte esta noche y debe haberle llevado lejos, aunque no haya marea. Por la mañana bien puede estar en medio del Golfo.

—¿Viste a alguien... o alguien te vio a ti?

—No que yo sepa —se apoyó en un lateral de la leñera—. Somos los únicos que lo sabemos, Spence.

—Justine estaba aquí cuando ocurrió. No lo olvides. Lo sabe todo.

—Hablaré con ella. Después de eso, no se lo contará a nadie. No es algo que me preocupe.

—Por mí no tienes que preocuparte, Floyd —dijo Spence rápidamente—. No hay nada ni nadie que pueda hacerme hablar.

Floyd asintió, pero no dijo nada. Giró un poco la cabeza hacia un lado y contempló el canal a la luz de la luna. Los perros se habían tranquilizado y no se oía sonido alguno. Al rato se enderezó y se metió en la leñera. Cuando salió llevaba el hacha en la mano.

—No puedo permitirme tirarla —dijo, mirando a Spence—. No podría comprar otra y necesito algo para cortar leña.

Encendió una cerilla y examinó la cabeza del hacha.

—Me quedo con ella —dijo con decisión—. No queda ninguna señal de lo que ha sucedido.

Sin esperar a que Spence dijera algo en un sentido o en otro, lo llevó de nuevo junto al tocón de madera. Al volver tropezó con el fardo de ropa tirado junto a la ventana.

—Aquí está la ropa que trajiste, Spence —dijo, dándole una patada al fardo en dirección a Spence.

—Me desharé de ella —dijo este, recogiendo el fardo—. Puedo tirarla también al canal.

—Iré contigo —dijo Floyd, yendo detrás.

Caminaron entre los altos matojos tan silenciosamente como pudieron, sin hablar en todo el camino. Cuando llegaron a la orilla, Spence arrojó el fardo al agua tan lejos como pudo. El apretado revoltijo hizo sonar un ligero chapoteo en algún lugar del canal y luego ya no se oyó nada más que la suave caricia de las turbias aguas contra la orilla. Floyd tocó el brazo de Spence y ambos se alejaron en fila de a uno entre las matas, de vuelta a la casa. No dijeron nada hasta que estuvieron en el patio de Floyd.

—¿Qué vas a hacer ahora, cenar? —preguntó Spence, incómodo.

—No. Esta noche no tengo hambre. Me pasaré sin cena —se sentó en el borde del porche—. Me siento algo inquieto, Spence. No puedo evitarlo. Creo que necesito dar un paseo.

—Yo también —dijo Spence enseguida. Estaba ansioso por alejarse de la casa de Floyd—. Andar nos hará bien.

Salieron a la calle y se dirigieron hacia la ciudad. Iban en silencio, caminando rápidamente y manteniéndose muy juntos. Llegaron al primer grupo de tiendas y Floyd se detuvo a la sombra de un árbol. Las luces de la calle parecían más brillantes que de costumbre.

—¿Qué ocurre, Floyd?

—Esto me ha dejado tocado, Spence —respiraba entrecortadamente—. Quizá hice mal, después de todo.

—Ojalá Jim Howard estuviera aquí. Tiene un montón de sentido común. Él sabría lo que hay que hacer.

—¿Quién es ese, Spence?

—El soldado de Beaseley County que se casa con Libby. Jim Howard fue a la guerra y piensa que Pobre Chico es un agujero de ratas o algo peor aún, exactamente igual que tú, Floyd. Tú y él juntos seríais capaces de pensar un montón de cosas.

—Eso ya no sería de ninguna ayuda, porque yo he matado a Bubber. Nunca había matado antes a un hombre y odio pensar que he matado a alguien. Lo que acabo de hacer no detendrá a Justine ni a ninguna de las otras, al final. Justine se escapará de casa y hará otra vez lo mismo en cuanto tenga ocasión —miró a Spence con desamparo—. Ojalá no lo hubiera hecho, Spence.

—Una vez muerto, muerto está.

—¡Dios mío, ese es el problema! Ojalá no lo hubiera hecho.

Spence le cogió del brazo y le condujo en dirección a la ciudad. Floyd caminaba junto a él como en trance, y cuando llegaron a la esquina Spence tuvo que cogerle del brazo para hacerle ir en la dirección correcta.

—Vayamos al club de Bill Tarrant —sugirió Spence—. Tengo dinero: treinta dólares.

Floyd caminó junto a él durante varios minutos sin volver a decir nada. Ya estaban casi en lo de Bill Tarrant cuando volvió a detenerse y se apoyó contra un árbol.

—Te vas mañana —dijo—. Luego ya no volverás más.

—Es cierto —dijo Spence—. Va a ser un gran día para mí. Algo así te ocurrirá a ti uno de estos días, Floyd. Tú ten los ojos abiertos.

Floyd le miró directamente a los ojos y meneó la cabeza con decisión.

—A mí no me ocurrirá —dijo—. A nadie de Pobre Chico le pagan las deudas y le ponen treinta dólares en la mano, Spence. No hay suficiente dinero en el mundo para hacer eso con todos, y si lo hay nadie va a tomarse la molestia de hacerlo con tipos como yo. El golpe de suerte que has tenido no es lo bastante grande para que les alcance a todos los pobres del mundo. Lo único que nos ayudaría es que alguien viniese y barriese Pobre Chico del mapa. Y la única manera de que alguien hiciera eso sería levantarse y armar un buen barullo. Hecho eso, yo ya no tendría que preocuparme por mis pequeñas porque estaríamos en algún otro lugar en donde yo podría darles una vida decente.

—Eso podría ser si encontraras la manera de armar un buen barullo —convino Spence—, pero no se me ocurre nada que funcionase. Si fueras y en mitad de la calle te pusieras a gritar, seguramente te meterían en el calabozo. Con eso no estarías mucho mejor, Floyd.

—Eso es lo que estoy pensando. No sé cómo, pero encontraré el modo. No puedo seguir así el resto de mi vida, matando gente porque mis niñas crecen y empiezan a andar por las calles. Si lo hiciera, tarde o temprano me cogerían y ellas se desmadrarían aún más rápidamente, al no estar yo cerca.

Se adentraron en el callejón y abrieron la puerta del club de Bill Tarrant. Floyd se echó el sombrero sobre los ojos y siguió a Spence hasta el bar. Ambos pidieron *bourbons* y cerveza.

—Estaba pensando en volver a El Pavo Blanco esta noche —le dijo Spence—, pero si consigo doblar mi dinero aquí en la mesa de juego, me daré por satisfecho. —Sacó el rollo de billetes y separó cinco dólares para pagar las bebidas que el camarero estaba poniendo ante ellos. Enrolló quince dólares aparte y se los guardó en el bolsillo del chaleco—. Voy a intentar doblar primero esta parte —le dijo a Floyd—, y si funciona seguiré con este otro dinero del chaleco. Odiaría perder hasta el último penique en la primera vuelta de los dados. Así sería muy arriesgado. Vamos.

Se acercaron a una de las mesas y contemplaron varias jugadas de dados. No tardó Spence en sacar su dinero y volver a contarlo.

—Nunca nos haremos ricos si no nos lo curramos —le dijo a Floyd—. Toma, coge este dólar y mira a ver si puedes convertirlo en dinero de verdad.

Floyd cambió el dólar en cuatro cuartos y puso uno sobre la línea. Spence se terminó su copa y se abrió paso a codazos entre la multitud para llegar a la otra mesa. Se giró el sombrero dándole la vuelta hacia atrás y depositó un dólar sobre la línea.

Capítulo 13

Era media tarde del día siguiente cuando volvía a casa llevando un flamante sombrero de ala ancha por el que había pagado cuatro dólares, y con una bolsa de harina al hombro que contenía varias botellas de *bourbon*, cerveza y tónico para el estómago, además de un gran bolso marrón de piel de cocodrilo para Maud, que le había costado tres dólares. Spence empezaba a sentirse preocupado.

La razón era que había tenido una mala racha en lo de Bill Tarrant. A medianoche tenía veinte dólares de más, pero no tardó en empezar a perder continuamente y dos horas después los veinte dólares se habían esfumado y todo lo que le quedaba era el dinero que había puesto al anochecer en el bolsillo del chaleco. Floyd le había persuadido de que no tocara esos quince dólares argumentando que nunca volvería a Beaseley County si los perdía a los dados.

Y esa mañana, todo, menos unos pocos dólares, se le había ido entre los dedos tan rápido que no podía recordar exactamente como se lo había gastado. Tenía toda la intención de ir a la estación de autobuses a comprar los billetes, pero le quedaba tan poco de los treinta dólares que ni siquiera se molestó en parar cuando pasó por allí de camino a casa. Había pasado la noche, o lo que quedó de la noche después de que Floyd se fuera finalmente a su casa, en la plataforma de descarga de una tienda de comestibles. Él y Floyd habían salido del club de Tarrant más tarde de las tres de la madrugada y, como al fin y al cabo no quedaban camas en su casa, había decidido quedarse en la ciudad y esperar a que abrieran las tiendas. Intentó dormir unas horas en la plataforma, pero el suelo de cemento era muy duro y su mente estaba llena de preocupaciones. Le había prometido a la señorita Saunders marcharse de la ciudad a las siete de la mañana. Peor aún: había prometido llevarse a Mavis con él. Sabía que con quince dólares no podría comprar tres billetes de autobús, pero se dijo que, después de que la señorita Saunders se hubiera tomado tantas molestias, sería mejor que se fueran Maud y él solos, o incluso él solo, que quedarse los tres. Amanecía cuando fue capaz de cerrar los ojos y dormirse, pero enseguida apareció un negro que venía a trabajar y le dijo a Spence que tenía que levantarse porque había que barrer la plataforma antes de que el dueño llegase para abrir la tienda. Se tomó una taza de café en un bar y, después de eso, decidió comprarse un sombrero nuevo. Llevaba mucho tiempo necesitando un sombrero nuevo.

Cuando Floyd dejó a Spence a las tres, le prometió que buscaría por la casa y haría todo lo posible para encontrar el puñado de dólares que le debía por los muebles. Spence había pensado que si Floyd le daba cuatro o cinco dólares podría juntarlos con los quince que le quedaban y comprar los billetes de autobús. Sin embargo, por la mañana, tras tomarse la taza de café, decidió que el viaje sería demasiado pesado para Maud en su actual estado de salud. Existía el riesgo de que se muriese en el autobús. Se dijo que él podía soportar el viaje de vuelta a Beaseley County mucho mejor que ella.

Mientras compraba el sombrero y el bolso esa mañana, Spence había intentado estrechar la mano de todo el mundo con el que se cruzaba. Algunos de los hombres a los que se la estrechó no le conocían de nombre, pero la mayoría de ellos se daba cuenta por sus ropas de que era alguien que vivía en Pobre

Chico, y cuando él les contaba que iba a dejar la ciudad, no tardaban en desearle un rápido viaje. Uno de los tenderos no le creyó cuando Spence le dijo que se iba de la ciudad con el alquiler pagado y dinero en los bolsillos.

—Es la primera vez que oigo que uno de ustedes, los de Pobre Chico, paga el alquiler antes de largarse de la ciudad —dijo el tendero guiñando un ojo a uno de los otros clientes—. ¿Cómo se las ha arreglado, Douthit?

Spence le clavó el pulgar en las costillas.

—Un buen hombre de negocios siempre puede conseguir financiación si conoce a la gente adecuada —respondió Spence—. Me llevó un tiempo descubrirlo. He estado pobre como las ratas muchas veces antes de cogerle el tranquillo, pero ahora ya lo tengo aprendido. Ahora mismo estoy mejor plantado sobre mis pies que cualquier otro en la ciudad.

El tendero meneó la cabeza con incredulidad.

—Creo que esperaré a oír la otra versión de la historia antes de creérmelo —dijo.

Spence se detuvo en medio de la calle y estudió la casa críticamente durante varios minutos. Lo que más le preocupaba, aparte de haber perdido o gastado la mayor parte del dinero, era el hecho de que Mavis hubiera vuelto a escaparse. Ahora que les había llegado la hora de irse, pensar en marcharse sin Mavis le hacía sentir más culpable que nunca. La salud de Maud era suficiente razón para dejarla atrás, pero no tenía ninguna excusa para volver a casa sin Mavis, después de que la señorita Saunders le hubiera hecho prometer que se la llevaría.

Recorrió lentamente el patio en dirección a la parte trasera de la casa, preguntándose si debía hacer un último esfuerzo para encontrar a Mavis. Meneó la cabeza al pensar en volver a El Pavo Blanco. De ir, debía haberlo hecho la noche anterior, cuando tenía aquel montón de dinero; además, incluso si Mavis hubiera estado de acuerdo en volver con él, lo que probablemente no hubiera sido así, no habría habido dinero suficiente para dos billetes de autobús.

Para cuando alcanzó la escalera de atrás, ya había tomado una decisión. Incluso si no lograba encontrar una buena excusa para dejar allí a Mavis, se le ocurrían unas cuantas buenas razones para no cambiar sus propios planes. Se puso de rodillas y escondió el *bourbon* y la cerveza bajo el porche, cubriendo las botellas con puñados de arena y polvorienta tierra blanca. Libby había sido capaz de cuidar de sí misma en la ciudad, se dijo, y si Libby lo había hecho, él no veía ninguna razón por la que Mavis no pudiera hacerlo también. Salió gateando de debajo del porche y se sacudió los pantalones. Si Libby le había dado de vez en cuando a Maud algo de dinero para comida y tónico, Mavis debía hacer lo mismo. Después de eso, Spence se sintió mucho mejor. Ahora podía dejar a Maud y a Mavis allí sin que le incordiara la mala conciencia.

Maud estaba dormida en la esquina, sobre el montón de ropa, cuando él entró en casa. Ahora que había hecho algunos cambios en sus planes lamentaba haber desperdiciado tres dólares en el bolso de piel de cocodrilo. Maud no podría usarlo y los tres dólares en metálico le hubieran venido muy bien a él. Spence se quedó de pie junto a ella, mirando el bolso en su mano y preguntándose qué hacer. Justo cuando acababa de decidir ir a la tienda a que le devolvieran el dinero, Maud abrió los ojos y se sentó. Lo primero que vio fue el bolso marrón de piel de cocodrilo y, antes de que él pudiera esconderlo a su espalda, se lo arrebató. Spence no pudo evitar sentir lástima por ella. La pobre aún pensaba que iba a volver a Beaseley County con él.

—Vaya, es realmente bonito, Spence —dijo, mientras admiraba el bolso. Lo alejó a la distancia del brazo y lo contempló arrobada. Luego se lo acercó a la nariz, cerrando los ojos mientras aspiraba su peculiar aroma—. Es justo lo que necesitaba para llevar lo del doctor Munday durante el viaje a Beaseley County. —Spence la miraba con gravedad—. En toda mi vida he visto una cosa más bonita que esta. Es lo que he estado deseando durante mucho tiempo.

Spence se agachó y cogió la bolsa del tónico. La volcó sobre la pila de ropa. Los ojos de Maud empezaron a brillar al ver sobre la colcha las tres botellas de tónico tamaño grande.

—Supuse que necesitarías algo de tónico, Maud —le dijo—. Cuando ya venía, di la vuelta para comprarte tres de las grandes.

—Nunca ha habido nadie más comprensivo con el bienestar de la gente que tú, Spence —dijo ella, llena de gratitud mientras recorría las botellas con los dedos, acariciándolas con afecto—. No hay muchos hombres en el mundo que se tomen la molestia de comprar de una vez tres botellas de lo del doctor Munday.

Alzó una de las botellas, indicando silenciosamente que quería que se la abriese. Spence buscó el sacacorchos detrás de la puerta y sacó el tapón. Maud levantó la botella y se bebió de un trago un tercio de tónico antes de detenerse a recobrar el aliento. Le miró relamiéndose.

—Debes ir despacio con el tónico, para que te dure más, Maud —dijo él, preguntándose cómo se las arreglaría Maud para conseguir tónico cuando él no estuviera. Le entristecía marcharse y dejarla allí sola—. Sería una pena que lo gastases todo en un día. Intenta ir más despacio para que te dure más —recogió la botella parcialmente vacía y la situó en el suelo, contra la pared—. Ahora tiéndete y piensa en ello, Maud. Pensar en ello te hará el mismo bien durante un rato.

Maud cogió el bolso marrón de piel de cocodrilo y vió que tenía una larga correa para llevarlo al hombro. Descubrirla la complació más que nada y se la pasó por la cabeza. Apenas lo había hecho cuando ya estiraba el brazo y engarfiaba los dedos para atrapar la botella de tónico que estaba junto a la pared. Spence se la dio y ella se bebió la mitad del contenido antes de dejarla de nuevo en el suelo. Cuando él salió del cuarto, se había enroscado sobre el montón de ropa estrechando fuertemente el bolso contra su estómago.

Spence gateó bajo el porche trasero y desenterró una botella de cerveza y una pinta de *bourbon*. Abrió ambas y, con una en cada mano, se sentó a la sombra. Sabía que tenía un montón de cosas que hacer antes de poder irse, pero el calor del día le agotaba y deseaba descansar tras el sofocante paseo desde la ciudad. Tomó un trago de *bourbon* y un sorbo de cerveza. Cada vez que inclinaba la cabeza para beber, tenía la certeza de que había alguien mirándole desde la ventana de Mitchell.

Tenía que pensar en muchas cosas que debía hacer antes de marcharse a coger el autobús, pero en ese momento en particular no podía pensar en ninguna que fuera más importante que ajustar cuentas con Chet Mitchell. Inclinó la cabeza y bebió otro trago de cada botella, teniendo cuidado esta vez de comprobar si era Chet o Myrt quien le miraba. La cortina se movió y pudo vislumbrar a Myrt. Se había quitado la ropa, como siempre hacía a esa hora de la tarde, y pudo verla en la ventana tan claramente como si estuviera de pie en el porche. Alzó la botella de *bourbon* y comprobó cuánto le quedaba. La cerveza se había terminado y arrojó la botella vacía al patio. Con el rabillo del ojo vio que Myrt se inclinaba sobre la ventana y miraba cómo la botella vacía de cerveza rodaba entre los matojos.

Tras esperar un rato para ver lo que Myrt hacía a continuación, ya que estaba seguro de que no resistiría mucho el impulso de pedirle un trago, gateó bajo el porche para coger dos botellas más. Sacándolas, las desempolvó cuidadosamente y se dirigió al extremo de su patio. Myrt corrió de inmediato hacia otra ventana desde la que poder verle mejor.

—¿Dónde está Chet? —la llamó él.

Ella no respondió, pero pudo verla de pie tras las cortinas.

—¿Está Chet en casa? —le preguntó en tono más alto—. Si no está, tengo algo para ti. Si está, dile que se vaya al infierno.

Ella apartó las cortinas y se asomó a la ventana. Spence se dio cuenta de que miraba con ansia el *bourbon* y la cerveza.

—¿Para quién es todo eso, Spence? —preguntó.

—¿Tú qué crees? —dijo él, burlón.

—¡Déjalo ya, Spence Douthit! —dijo ella con impaciencia—. ¡Dime lo que vas a hacer con eso!

—De mano, no desperdiciarlo. Es difícil de conseguir.

—Hace mucho tiempo que no lo pruebo.

—Eso es lo que te pasa por casarte con un marido roñeta.

Se acercó paseándose hasta el porche de Mitchell y puso las botellas en el suelo.

—No me importaría compartirlo en buena compañía —dijo Spence—. Pero eso no incluye a Chet.

—Chet se ha ido por ahí —dijo ella enseguida.

—¿Cuándo vuelve a casa?

—Pronto no, eso lo tengo claro.

Spence recogió las botellas y subió las escaleras. Myrt desapareció de la ventana, pero al momento estaba de pie a la puerta de la cocina. La vio levantar un dedo y hacerle señas.

—¿No te estás burlando de mí, Myrt? —preguntó con suspicacia—. ¿No estará Chet escondido en alguna parte de la casa esperando a que ponga un pie en ella?

—Te digo la verdad, Spence. ¿Por qué no entras y te quitas de ese sol?

Spence vio que se hacía a un lado de la puerta. Echó un vistazo por encima del hombro y subió la escalera del porche.

—No estoy tan seguro —dijo cuando llegó a la puerta. Pegó la cara a la mosquitera polvorienta y atisbó dentro de la cocina. Vio que Myrt le hacía señas—. Un perro viejo como yo siempre procura no pillarse la cola en un cepo.

—Bah, entra, Spence —dijo ella impaciente—. No tengas miedo. No hay nadie más aquí.

Spence abrió la puerta mosquitera, metió la cabeza en la cocina y miró con mucha cautela. Myrt se había alejado hasta la puerta que conducía al dormitorio y nuevamente le hacía señas con el dedo.

—Si esta vez caigo —dijo Spence en voz alta—, te juro que la próxima iré con más tiento.

Entró en la cocina, cerrando la puerta suavemente tras él y escuchó atentamente durante un momento antes de dirigirse al dormitorio con Myrt.

Cuando llegó allí, Myrt corrió a la cama y se sentó en ella. Spence inspeccionó con atención el cuarto, se puso de rodillas y miró bajo la cama. Cuando se levantó, Myrt le esperaba y se sentó con ella.

—Ábrelas, Spence —le urgió, señalando las botellas.

Él quitó el tapón de la botella de *bourbon* y se la alargó. Mientras abría la de cerveza con los dientes, Myrt bebió ruidosamente un largo trago. Luego se secó la boca con el dorso de la mano y le devolvió la botella. Él le ofreció un trago de cerveza, pero ella meneó la cabeza. Spence bebió un trago de *bourbon* y lo acompañó después con otro de cerveza.

—Ni se me habría ocurrido venir aquí si no estuviera preparándome para irme definitivamente —le dijo con timidez—. No soy partidario de andar tonteando con las vecinas. Conozco muchas maneras de que eso acabe mal.

Myrt bebió otro trago de *bourbon*, haciendo una mueca tras tragar el licor, y cogió la cerveza. Spence se apoyó en el codo y la contempló valorativamente mientras bebía. Myrt era grande, tirando a corpulenta, pero en ese momento no pudo encontrarle ninguna otra tacha.

—A un granuja como yo le gusta ver a una mujer guapa y saludable, para variar —le dijo—. Estoy tan acostumbrado a ver a Maud tan canija que había olvidado como son las otras.

—Venga, deja de burlarte de mí, Spence —dijo ella con una risita—. Sé que no soy una belleza despampanante.

—Quizá no seas una belleza despampanante —convino él—, pero creo que podrías darles buenos motivos a muchas mujeres para perder el sueño a base de disgustos. ¡Vaya, mira eso! ¡Eso no es cualquier cosa! Si vieras las flacuchas con las que me he ido en su día, te darías cuenta de lo que puedes gustar a un hombre. Una mujer como tú puede darle a un tipo cualquiera un montón de satisfacciones.

—No haces más que tomarme el pelo —dijo Myrt, dándole una palmada. Spence apartó la cabeza para esquivar su mano. Ella se inclinó y le cogió de la oreja—. ¡Quita para allá, Spence! —dijo, retorciéndosela.

—¡Quita tú! —dijo él, empujándola. Myrt continuó retorciéndole la oreja hasta que él le hizo cosquillas bajo los brazos. Entonces ella estalló en risitas y cayó de espaldas sobre la cama.

Spence bebió otro largo trajo de *bourbon*, seguido de uno de cerveza caliente.

—No estaría aquí si no fuera porque estoy preparándome para irme definitivamente —le dijo. Se apoyó en ambos codos y siguió contemplándola—. No estaría aquí por nada si no fuera que me marcho. Me dije que vendría cuando no estuviera Chet por aquí para hacértelo saber. Por supuesto, no tengo otra cosa en mente que eso. Es sólo una visita social y amistosa, de buena vecindad. No hubiera querido venir aquí con nada pensado de antemano.

—No sé de lo que hablas —dijo Myrt con coquetería—. No sé qué quieres decir.

—Y juro por Dios que no estaría aquí si estuviera Chet. Que me aspen si no es el hombre más irritante del mundo entero. Yo le he visto salir al porche trasero, asomarse hasta donde puede y vaciar su palangana de agua con jabón en mi patio trasero, y luego, encima, quedarse ahí cachondeándose con su estúpida cara. Hace falta ser un verdadero canalla para fastidiar así a un vecino.

—Alguien robó todos los pollos que teníamos en el gallinero —dijo Myrt—. Hace falta ser un verdadero canalla, también, para robarle los pollos a un vecino.

Spence se incorporó, apretando los labios y mirándola irritado.

—¡No era necesario sacar eso a relucir! —dijo en voz alta—. Eso es cosa del pasado.

—Igual que lo otro, entonces —dijo ella, riendo.

Spence le dio un empujón y la tiró sobre la cama. Myrt trató de alcanzar su oreja, pero él se apartó antes de que pudiera llegar a ella. Sus pies golpearon la botella de *bourbon* vacía.

—No le aguanto impertinencias a una mujer —dijo, muy serio—. Así que si vas a beberte mi licor y a decirme impertinencias, me largo.

Ella se sentó y escuchó mansamente la regañina.

—Será mejor que te decidas antes de pedirme otra gota de mi *bourbon* —dijo él, dando rápidas cabezadas.

—Eh, venga, Spence —dijo Myrt, zalamera—. No nos peleemos por nada.

Spence se sentó en el borde de la cama y la rodeó con sus brazos.

—Creo que te has equivocado conmigo —le dijo con enojo—. Cuando levanto la cola soy un macho de verdad.

—Será mejor que vayas con cuidado —le advirtió ella—. Chet podría volver a casa. Si te pilla...

—¡Al diablo con Chet! —dijo Spence. Se estrujó contra ella hasta dejarla sin aliento—. ¡Chet puede irse a ojear a otra parte! ¡Yo cuando levanto la cola no fallo el tiro!

Myrt se las arregló para darle un fuerte tirón de la oreja. Él intentó apartarla, pero Myrt apretó aún más. Spence trató de nuevo de hacerle cosquillas bajo los brazos, aunque esta vez no dio resultado. La oreja le dolía como si fueran a arrancársela en cualquier momento.

—¡Suéltame! —le chilló.

Ya estaba echando el puño hacia atrás para golpearla cuando el sonido de un coche que venía de la calle hizo que ambos se detuvieran y escuchasen. Myrt le soltó la oreja y Spence se levantó y estiró el cuello para mirar por la ventana. Cuando el sonido del coche se acercó aún más, ambos corrieron a la ventana para ver quién venía. El pequeño sedán negro se detuvo frente a la casa de Spence y un momento después la señorita Saunders se apeó. Vaciló un momento, como si esperara que alguien saliera a recibirla, y luego tomó cautelosamente el camino que conducía a la puerta delantera.

—¿Quién es esa? —preguntó Myrt junto a él.

—Es la señorita Saunders —le dijo—. Me busca a mí.

Myrt lo aprisionó entre sus brazos.

—Quédate aquí conmigo, Spence —suplicó—. No le hagas ningún caso. Yo te haré pasar mucho mejor rato que esa.

Spence logró zafarse de ella y corrió a la puerta trasera. Myrt lo alcanzó antes de que pudiera llegar al porche.

—Tengo que llegar antes de que Maud la vea —le dijo a Myrt, lleno de excitación—. Maud es capaz de perder la cabeza y alguien podría salir herido. No puedo dejar que eso suceda.

—¿Pero, qué pasa conmigo? —preguntó Myrt con resquemor—. ¿Qué pasa conmigo, Spence?

Spence se volvió a mirarla.

—Si puedo librarme de ella a tiempo, volveré —prometió.

Myrt le abrazó estrechamente, sujetando en vano los brazos de Spence a ambos lados de su cuerpo. Cuando trató de meterle en casa a la fuerza, él levantó la rodilla y la golpeó con ella con todas sus fuerzas. Myrt se dobló y se apretó el estómago con los brazos. Spence salió de la casa.

Al llegar a su patio, miró por encima del hombro y vio a Myrt persiguiéndole. Se tambaleaba un poco, pero se las arregló para dirigirse hacia él. Esperando dejarla atrás, dobló la esquina de la casa; pero cuando se subió de un salto al porche delantero y corrió hacia la puerta, Myrt aún venía tras él. Spence adelantó a la señorita Saunders, que estaba mirando a Maud, echada sobre el montón de ropa vieja, y casi la tiró al suelo en su prisa por situarse frente a ella. Cuando se detuvo, completamente sin aliento, y miró para ver qué había sido de Myrt, vio que esta estaba de pie en la puerta.

Capítulo 14

La señorita Saunders, al ver a Myrt en la puerta, contuvo el aliento tanto como pudo; luego, de una forma tan inesperada que dejó atónitos a todos, gritó con todas sus fuerzas. Spence saltó como si le hubieran dado un susto de muerte e incluso la propia señorita Saunders, asustada de su propio chillido, empezó a temblar y a estremecerse.

El agudo alarido despertó a Maud, que lanzó un rápido vistazo a la estancia y se puso en pie. Su desgreñado pelo gris le caía sobre la cara en mechones enredados, como los flecos alborotados de un chal, y trataba de apartárselo de la cara con una mano mientras con la otra se sujetaba el resbaladizo camisón.

A esas alturas, la señorita Saunders había recuperado la voz y miró rápidamente las distintas caras.

—¡Qué diantres es esto! —gritó, mirando a Myrt y cubriéndose rápidamente el rostro con las manos— ¡No me he sentido más escandalizada en toda mi vida!

—Señorita —dijo Spence, vacilante, mientras intentaba vigilar a las tres mujeres a la vez—, no se altere. Myrt no pretendía crisparla de ese modo.

Maud, dando manotazos a los mechones que le caían sobre los ojos, miró primero a una mujer y luego a la otra, como si no supiera decidir sobre cual arrojarse primero. Finalmente, se quedó mirando a la señorita Saunders y se plantó de un salto en el centro del cuarto.

—Maud, no vayas a sulfurarte —suplicó Spence cuando se dio cuenta de lo que iba a hacer.

Ella ignoró completamente a Spence y ni siquiera se molestó en contestarle. Myrt, viendo que Maud se acercaba, se apresuró a retroceder hasta el porche. Maud corrió hacia la puerta.

—¡Será mejor que te largues de esta casa, Myrt Mitchell! —chilló Maud—. Si alguna vez te pongo las manos encima te arrancaré hasta el último pelo de esa piojosa cabeza tuya. Si encontrara un palo, lo agarraría y te sacaría hasta los hígados.

Myrt dio media vuelta y corrió hacia su casa tan rápidamente como pudo. Maud se quedó en el porche vigilando hasta que la puerta mosquitera de los Mitchell se cerró de un portazo; luego volvió al cuarto. Spence se echó a un lado cuando pasó junto a él. La señorita Saunders estaba nerviosa y temblaba.

—Bien, Maudie —dijo Spence con voz suave.

Ella se detuvo a medio camino entre él y la señorita Saunders.

—Spence Douthit, como te atrevas a traer más guarronas a esta casa yo te... yo te...

—Pero, oye, Maudie...

—¡Cierra el pico! ¡Con llamarme Maudie no vas a impedir que diga lo que pienso!

Hizo una pausa, cogió aliento y fijó los ojos en la señorita Saunders, mirándola como si hasta ese momento no hubiese reparado en ella. La perturbación de la señorita Saunders, que ya estaba pálida de miedo, aumentaba a cada doloroso latido de su corazón. Miró nerviosamente en dirección a la puerta, pero Maud dio varios pasos al frente, bloqueándole de hecho toda vía de escape.

—Maudie, déjame que te lo explique —dijo Spence nerviosamente.

Maud le silenció haciendo un gesto con la mano.

—¿Quién eres? —preguntó roncamente Maud a la señorita Saunders—. ¿No eres aquella hembra que...

—Esta es la señorita Saunders, Maud —dijo Spence—. Es la amable señora que ha estado viniendo a ayudarnos. Oye, no vayas a estropear las cosas poniéndote furiosa otra vez, porque queremos que siga haciendo lo que desea hacer por nosotros. Si no fuera por ella, estaríamos en serios aprietos. Es una pena que no haya más como ella en el mundo.

—Vaya, ¿no es bonito? —dijo Maud sarcásticamente. De pronto frunció el ceño—. ¿Por qué no vas con tus negocios a otra parte?

—Oiga, por favor, señora Douthit —comenzó la señorita Saunders ansiosamente—, ¡déjeme explicarle! —echó las manos a la espalda y tanteó ciegamente la pared—. Ninguna de las cosas que sospecha es cierta. Soy una mujer respetable, quiero que lo sepa. He estado viniendo aquí porque ese es mi deber. No sé qué habrá dicho de mí a mis espaldas, pero ciertamente me debe una disculpa por algunas de las cosas que ha dicho en mi presencia. En nuestro trabajo, los trabajadores sociales mantenemos una actitud esctrictamente impersonal. Podría usted decir que los trabajadores sociales somos asexuados.

—¡Podría decirlo, hermana, pero no lo diré! —dijo Maud con desdén. Miró de arriba a abajo a la señorita Saunders—. No sé a quién crees que estás engañando, hermana, pero a mí no.

La señorita Saunders aspiró aire profundamente y lo retuvo tanto como pudo.

—Este caso me fue asignado por la señora Jouett y yo he intentado hacer cuanto he podido, a pesar de los insultos que me han sido dirigidos. La señora Jouett espera de mí que...

—Aquí la única que espera y todo lo demás soy yo —estableció Maud rotundamente—. No me gusta que nadie se inmiscuya en mi vida privada. He vivido lo suficiente para saber que si hay

un hombre cerca, las mujeres como tú no tenéis la menor vergüenza en poneros a husmearlo. La última vez que te pillé por
aquí te dije que te mataría si volvía a verte zorreando. ¡Lo dije
como lo pensaba y aún lo pienso!

Maud miró a su alrededor buscando algo para golpearla. No
quedaba ni una tabla de algún mueble en toda la casa, pero vio
la botella de tónico vacía junto a la pared. Sin quitar los ojos de
la señorita Saunders, retrocedió para cogerla. La señorita Saunders miró con toda intención a Spence y, cuando comprendió
que este no iba a hacer ningún esfuerzo para protegerla de su
esposa, empezó a deslizarse cautelosamente hacia la puerta. En
el momento en que Maud puso la mano sobre la botella, la señorita Saunders dio un gritó y salió corriendo de la casa. Llegó
al porche sana y salva, pero Maud corrió tras ella enarbolando
amenazadoramente la botella. Spence salió por la puerta trasera
y corrió hacia el patio delantero.

Cuando llegó frente a la casa, la señorita Saunders estaba a
medio camino de la calle y Maud permanecía al borde de la
escalera.

—¡La mataré! —chilló Maud—. ¡Con la ayuda de Dios, pienso
desparramar sus sesos! —gritaba. Spence miró hacia la calle.
Pudo ver que varios vecinos salían a sus porches para ver qué
jaleo era aquel. Algunos bajaron a la calle para tener mejor vista—. Ya conozco bien a las de su especie y no soy tan tonta como
para no reconocer a una guarrona cuando pongo los ojos en
ella. ¡Si no saca su asqueroso trasero de aquí, la mataré y eso me
hará feliz!

Maud levantó el brazo, cerrando un ojo para hacer puntería,
y luego lanzó con todas sus fuerzas la botella de tónico contra la
señorita Saunders. Esta cerró los ojos y, cubriéndose la cara con
las manos, corrió hacia su coche. La botella erró por poco, pero
golpeó el guardabarros trasero del sedán y se hizo pedazos. Tro-

zos de cristal roto cayeron sobre ella peligrosamente. Los vecinos se acercaron un poco más para ver lo que iba a pasar a continuación. Maud buscaba frenéticamente por todo el porche algo más que arrojar a la señorita Saunders, pero fue incapaz de encontrar nada. Sin embargo, bajó la escalera y le sacó la lengua. La señorita Saunders se agachó tras el automóvil buscando protección por si Maud encontraba algo más para tirarle.

Uno de los vecinos, que se había acercado más que ningún otro, le gritó a alguien en la calle:

—¡Son esos Douthits otra vez, Jim! —dijo en voz alta. Spence agitó los brazos en dirección al hombre, exhortándole a marcharse y dejarlos en paz. El hombre se fue calle abajo, riéndose para sí mismo.

La señorita Saunders asomó la cabeza por detrás del coche para ver lo que hacía Maud.

—¡Te lo advierto por última vez: mántente lejos de aquí! —chilló Maud con renovado vigor. Le hizo una mueca de burla y le sacó la lengua—. ¡Este es el último aviso! La próxima vez te cogeré y arrojaré esas sedosas tetas al otro lado del canal. ¡Las guarronas tenéis menos vergüenza que el tapón de un barril!

Spence aguardaba tensamente en un rincón del patio. Vigilaba a la señorita Saunders, pero a la vez se aseguraba de mantener una distancia de seguridad entre él y Maud. Pudo ver a la señorita Saunders en cuclillas detrás del coche. Le miraba desde el guardabarros.

Maud echó la cabeza hacia atrás, sacando al mismo tiempo la lengua tanto como pudo y meneándola ante la señorita Saunders. Esta echó un vistazo y volvió a agacharse. Pasados unos momentos, Maud se subió el camisón y se metió en casa, cerrando la puerta mosquitera con todas sus fuerzas. Después de eso, casi todos los vecinos se volvieron a sus casas.

Spence esperó hasta asegurarse de que Maud no salía otra

vez. Luego, agachándose cuanto pudo, corrió hacia el coche. Encontró a la señorita Saunders acurrucada en el suelo y temblando de miedo.

—Señorita, parece como si todo anduviera mal en este mundo de Dios —le dijo con tono de disculpa—. Simplemente no sé lo que se le mete en el cuerpo a Maud cuando tiene uno de esos arranques. Simplemente en esos momentos no puede refrenar la lengua. Y da la impresión de ir a peor, porque le juro por Dios que a mejor no va.

La señorita Saunders parecía una niña pequeña allí acurrucada; le miró. Tenía los ojos grandes y redondos y apretaba los puños en un esfuerzo por controlarse. Nunca antes se había sentido tan desamparada.

—¿Qué he hecho para que su esposa me odie tanto, señor Douthit? ¿Qué puedo haber hecho?

—Usted no ha hecho nada malo, señorita. Es ese carácter endemoniado de Maud, que arrasa con todo cuando se altera. Esta vez no hubiera sucedido si llego a saber que iba usted a venir, porque la hubiera prevenido antes de que entrara en casa.

—¿Quién era esa otra mujer... la que no llevaba ropa? ¿Qué estaba haciendo...?

—Oh, esa es sólo una vecina, señorita. Ocurre que vive en la casa de al lado.

—¿Qué hacía deambulando por ahí de ese modo?

—Ya sabe usted como son las mujeres a veces, señorita. Una vez que se les mete una idea fija en la cabeza sobre esto o lo otro, no se detienen ante nada. No obstante, Myrt es una criatura razonable la mayor parte de las veces y esta es la única vez en que ha venido así a mi puerta delantera. Generalmente, se queda en la trasera.

La señorita Saunders se puso en pie. Se alisó las arrugas de la falda y se atusó el pelo.

—Bueno —dijo severamente—. No lo apruebo, no importa donde se quede. Sencillamente, no es decente.

Spence asintió porque sabía que ella esperaba que estuviera de acuerdo. La señorita Saunders lo miró con frialdad.

—Señor Douthit —le preguntó bruscamente—, ¿por qué no cogió el autobús esta mañana?

—Precisamente iba a explicárselo, señorita.

—Estuve esperando allí dos horas a que viniera. Tenía una cesta con comida preparada para ustedes. Y no aparecieron. ¿Por qué? ¿Qué ha ocurrido?

—Señorita, la cosa fue así: yo estaba preparado para...

—¿Compró los billetes con el dinero que le di? —le interrumpió ella.

—Precisamente iba a explicárselo, señorita. Anoche, cuando...

—¿Dónde está Mavis? —preguntó ella con impaciencia—. No la he visto cuando he estado en casa hace unos minutos. ¿Dónde está Mavis, señor Douthit?

Spence miró hacia la casa como si esperara ver a Mavis de pie en el porche.

—¿Mavis? —repitió para sí mismo—. Oh, está por ahí, en alguna parte —miró a la señorita Saunders con el rabillo del ojo—. Supongo que ha salido un rato.

—¡No le creo! —le cortó—. Ya no pienso creer nada de lo que me diga —Spence vio que retorcía nerviosamente los dedos—. ¡No me está diciendo la verdad!

—Mire, señorita, yo... —comenzó, a la defensiva.

—¿Cuándo se van? —le preguntó con frialdad, mirándole fijamente a los ojos.

—En cualquier momento —le aseguró él—. No pienso perder un minuto una vez que me haya puesto en marcha. Tengo intención de irme tan pronto como pueda.

—¿Tiene aún los treinta dólares que le entregué?

—Bueno, no hasta el último penique.

—¿Quiere decir que ha gastado parte de ese dinero?

—Ya sabe cómo se va el dinero a veces, señorita.

—¿Cuánto le queda?

—¿Quiere decir cuánto exactamente?

—¡Ya sabe lo que quiero decir! —gritó—. ¿Le quedan veinte dólares o veinticinco o cuánto?

—Odio decepcionarla, señorita, pero creo que sólo me quedan tres o cuatro —bajó la cabeza hasta que su barbilla reposó sobre el pecho—. De algún modo, el dinero simplemente voló, como pasa siempre con el dinero —dijo con aire culpable—. Se esfumó antes de que me diera cuenta, señorita.

La señorita Saunders jadeó. Contuvo el aliento durante varios segundos mientras Spence desviaba la mirada. Finalmente la oyó suspirar.

—Me irrita usted tanto que podría... podría... ¡No sé lo que podría hacer! —la oyó decir. Después, la joven permaneció en silencio hasta que él la miró a través de las cejas—. ¡Esto es terrible! —exclamó—. ¿Cómo diantres voy a ser capaz de explicarle esto a la señora Jouett? Debería haber tenido más sentido común y no darle el dinero sin más; fui una tonta por escucharle. Pensé que podría confiar en que usted compraría los billetes y se marcharía de la ciudad, y usted se aprovechó de mí. Nunca tuvo intención de ir a la estación de autobuses esta mañana. Todo lo que quería era echar mano al dinero para malgastarlo por ahí. Si la señora Jouett lo descubre, nunca me perdonará. Y si no me despide, seré la hazmerreír del Departamento de Bienestar Social. Me he preparado tanto para este trabajo... Toda mi vida he estado esperando el momento en que me dedicaría en cuerpo y alma a ayudar a los demás y es una crueldad hacerme sufrir esta humillación. Nunca lo superaré. ¡Y si me despiden, la señora Jouett ni siquiera me dará una carta de recomendación! ¡Qué voy a hacer! ¡Qué será de mi carrera!

Spence la miró solemnemente. Trató de pensar en algo que pudiera decir para hacerla sentir mejor, pero en ese momento no se le ocurría nada que fuera apropiado.

—¡Después de todo lo que he hecho por usted, no puedo soportar que me haya hecho esto! —gritó ella—. Mi carrera está completamente arruinada.

—Intentaré hacer lo que pueda, señorita —dijo Spence—. Iré y me buscaré algún trabajito en alguna parte y haré algo grande con él. En su momento, podré devolverle el dinero.

—¿Para qué serviría eso? —dijo ella, enfadada—. Una vez que me despidan del Departamento de Bienestar Social, ya no volverán a contratarme.

Spence se encogió.

—Y Mavis tampoco está aquí —expuso ella acusadoramente—. Se ha gastado el dinero del autobús en sí mismo y ni siquiera se ha preocupado de encontrar a su hija —de pronto se inclinó hacia adelante, husmeando con suspicacia—. ¡Ha gastado el dinero en licor! ¡Puedo olerlo! ¡Apesta a alcohol!

Spence contuvo el aliento.

—Bueno, no tiene sentido mentirle sobre eso —admitió—. Me compré un poco.

Vio que en los ojos de la joven asomaban lágrimas mientras le miraba. Al momento, las lágrimas rodaban por sus mejillas. No hizo ningún esfuerzo por ocultarlas.

—Usted... usted... ¡es usted imposible! —sollozó.

Guiñó los ojos varias veces y se secó las lágrimas con los nudillos.

—¡Me enfurece tanto que podría zarandearle! —dijo—. ¡Si fuera un hombre le... le pegaría!

Spence dio un paso atrás.

—Lo peor de todo será cuando la señora Jouett descubra lo que ha ocurrido, después de haberme advertido al respecto. ¡Confió tanto en mí! Le prometí que usted cooperaría con nosotros, y ahora ¿qué va a decir? ¡Qué va a decir!

—Si se refiere a esa mujer con cara de caballo que vino pateando por aquí, no me preocupa ni lo más mínimo —dijo Spence con decisión.

—¡Oh, cállese! —gritó la señorita Saunders.

—Verá, señorita, déjeme explicarle...

—¡Bestia!

Spence se quedó con la boca abierta. Vio que la joven rechinaba los dientes mientras sus labios se abrían y cerraban, temblorosos.

—Habla exactamente como algunos tipos de allí, de Beaseley County —dijo, aún sorprendido por lo que ella le había llamado—. Algunos tipos de allá arriba se enojaban tanto con Maud y conmigo que nos llamaban eso mismo que usted ha dicho. Nos llamaban las bestias Douthit. Oírlo me hace sentir tremendamente nostálgico. Hay otra familia de Douthits viviendo allá arriba, una especie de primos segundos o terceros, y la gente les llama simplemente Douthits. Pero casi todo el mundo en Beaseley County nos llama a mí y a los míos las bestias Douthit. Es curioso que se le ocurriera a usted la misma palabra.

—No les culpo por llamarles así —dijo ella—. ¡Porque eso es exactamente lo que son!

—E incluso aquí abajo hay gente que nos llama lo mismo de vez en cuando —prosiguió Spence—. No todos lo dicen porque se enfaden conmigo sino sólo porque les gusta decirlo. De algún modo encaja.

—¡Cierto que encaja! —dijo ella—. ¡Estoy sorprendida de no haberlo pensado antes!

Se apoyó contra el coche y se quedó mirando calle abajo.

Spence aguardó. Sabía que estaba pensando en algo, pero no tenía ni idea de lo que podría ocupar su mente. Al cabo de un rato, cuando parte de su ira hubo desaparecido, se volvió hacia él.

—¿Cuánto dinero dijo que le quedaba? —preguntó de manera impersonal—. ¡Y acuérdese de decirme la verdad!

—Tres o cuatro dólares —replicó mansamente.

—¡Eso es todo!

—Es una suerte que me quede tanto, señorita. Cuando empecé a gastarlo, pensé en un montón de cosas que Maud y yo necesitábamos con urgencia.

—¡Oh, maldita sea! —dijo la señorita Saunders con impaciencia.

—Pero si lo recuperase, esta vez haría lo correcto —le aseguró.

—Ojalá pudiera fiarme de eso.

—Claro que puede, señorita, si quisiera arriesgarse.

La señorita Saunders se rió para sí misma.

—¿Qué voy a hacer con usted? —preguntó, torciendo un poco la cabeza y mirándole ladeada, estudiando su cara detenidamente—. ¿Qué se puede hacer realmente con un hombre así? No puedo confiar en usted, no puedo obligarle a marcharse y mis súplicas no le producen el menor efecto. ¡Esto es imposible!

—Si me diera otra oportunidad, señorita —dijo con voz seria—, haría lo que usted dice. Yo lo intento con todas mis fuerzas, pero cuando mis defectos me agarran, de algún modo no tengo cuajo para luchar contra ellos. Esta vez, sin embargo, le prometo irme de la ciudad.

—Pero ya lo prometió la otra vez también.

—Lo sé pero esta vez que me muera ni no es cierto, señorita. La última vez olvidé mi promesa y creo que por eso no la cumplí.

La señorita Saunders asintió para sí misma mientras rápidamente decidía intentarlo una vez más. Abrió su cartera y sacó algunos billetes. Los ojos de Spence se llenaron de optimismo cuando vio el dinero.

—No puedo darle un penique más del Departamento de Bienestar Social —dijo ella—, pero voy a darle algo de mi propio dinero —contó los billetes y le miró con el ceño fruncido—. Esto es todo lo que tengo hasta que reciba mi próxima paga pero voy a dárselo a usted... si me promete religiosamente que se irá de la ciudad.

—Le juro por Dios que no dudaría en decirle una cosa tan fácil de cumplir, señorita —se apresuró a decir.

Quiso coger el dinero, pero ella lo escondió detrás de la espalda.

—Hay algo más que tiene que prometerme antes de que se lo dé.

—Tampoco dudaré en prometérselo.

—Prométame que jamás le dirá a nadie que le he dado veinte dólares de mi propio dinero después de que usted se gastara treinta dólares del Departamento de Bienestar Social.

—¡Que me aspen si no es la promesa más fácil que he hecho nunca, señorita!

Ella sacó la mano de su espalda, la mantuvo a un lado durante un momento y luego, dando un profundo suspiro, le alargo el puño medio cerrado. Spence se inclinó ansiosamente y con el pulgar y el índice sacó los billetes. La señorita Saunders se mordió los labios mientras veía cómo se los guardaba en el bolsillo del chaleco.

—¡Ahora, por favor, váyase de la ciudad, señor Douthit! —le suplicó sin vergüenza—. ¡Por favor, váyase antes de que suceda algo peor! ¡Por favor, hágalo por mí, señor Douthit!

Spence empezó a retroceder, murmurando a cada paso todo tipo de garantías. Estaba ansioso por ponerse fuera de su alcance antes de que cambiase de opinión y le pidiera que le devolviese el dinero. Ella se quedó de pie junto al coche, con un ceño de incertidumbre en la cara mientras él se apresuraba a meterse en casa.

—¡Bestias de Douthits! —exclamó ella con las lágrimas corriéndole por la cara. Se secó los ojos y abrió la portezuela del coche—. ¡Bestias de Douthits, bestias!

Capítulo 15

Una enorme nube negra, adentrándose desde el Golfo, fue rápidamente oscureciendo el cielo. Cuando el viento empezó a rugir sobre el canal, los niños corrieron a casa y pequeños remolinos se formaron en la calle, levantando polvo y trozos de papel. Spence salió al porche justo cuando una ráfaga de viento arrancaba una oxidada chapa de la techumbre y la estrellaba contra el lateral de la casa de los Mitchell. La lluvia empezó a caer con grandes gotas y, con un fogonazo cegador, una línea de relámpagos estalló sobre la ciudad. Al momento llegó el estruendo del trueno. Spence corrió dentro de la casa. Torrentes de agua golpeaban sobre el tejado, corrían por las paredes y se filtraban a través del techo. Maud se cubrió la cabeza con la colcha y se tapó los oídos con ambas manos para no escuchar el sonido del viento y de los truenos.

La tormenta pasó, pero el cielo permaneció oscuro y cubierto. Spence se dirigió al porche trasero y miró los charcos que cubrían el patio y el baldío cubierto de matojos junto al canal. Las ranas croaban en las orillas del canal y la noche se acercaba. Decidió que era demasiado tarde para irse aquel mismo día; mañana sería un día igual de bueno que cualquier otro para iniciar el viaje. Se estremeció ante el frío desacostumbrado y caminó con cautela sobre el charco hasta el pie de la escalera. El *bourbon* y la cerveza estaban aún en su escondite cuando gateó bajo el porche, pero las botellas estaban llenas de barro y tuvo que lavarlas con agua de lluvia antes de poder abrirlas.

Después se sentó al borde del porche y bebió varios tragos. Maud le llamó y se apresuró a guardar las botellas bajo el escalón y entrar en casa.

—Quiero que salgas ahí afuera y digas lo que piensas, Spence —le dijo ella tan pronto como entró en el cuarto—. No quiero que te desentiendas de ello.

—¿De qué demonios estás hablando? —preguntó él, perplejo.

Maud se levantó, le cogió firmemente del brazo y le condujo hasta la puerta delantera.

—Quiero que pongas fin a eso —dijo con un significativo meneo de cabeza.

Un enorme camión de mudanzas daba marcha atrás en dirección al porche delantero. Spence salió a la puerta con Maud empujándole por detrás.

—No sé quién es y no me importa lo que quiere —dijo—, pero tú vas a salir ahí afuera y ponerle fin, sea lo que sea. ¡Venga, sal y acaba con eso!

El pesado camión dio una última sacudida mientras las ruedas patinaban sobre el barro y se estrelló contra el porche. La casa tembló y crujió cuando la madera se sacudió hasta los cimientos. La trasera del camión aplastó el entarimado de pino y varios tablones se combaron y saltaron.

—¡No te quedes ahí como un pasmarote! —chilló Maud—. ¡Haz algo!

El conductor saltó de la cabina y se dirigió chapoteando entre el agua a la trasera del camión. Con un único movimiento del brazo abrió la tranquera de la caja del camión. Un montón de muebles, cajas, fardos y hasta una jaula con conejos se desparramó por el porche. Spence retrocedió de un salto mientras la jaula rodaba hacia él. Cuando se detuvo, pasó por encima y miró confusamente la legión de redondos ojos rosas y morros temblorosos.

Maud le dio un puntapié en el trasero con todas sus fuerzas.

—¡Haz algo, pedazo de estúpido! —chilló—. ¡Acaba con ese desbarajuste!

Spence alzó la vista y vio a un hombre corpulento de unos cuarenta y cinco años que vestía un mono desteñido. Llevaba un sombrero de paja con las alas raídas, del tipo que Spence siempre había gastado en Beaseley County en verano. El hombre no prestó la menor atención a Spence. La enorme mujer de pelo rubio que iba con él llevaba sobre la cabeza un trozo de hule para protegerse de las gotas dispersas de lluvia que caían de vez en cuando. El hombre y su esposa se apartaron del camión y se dirigieron al porche, e inmediatamente detrás surgió media docena de niños rubios de todos los tamaños que no perdieron tiempo en ponerse a patalear y saltar sobre cajas y fardos.

—¡Oigan, quédense ahí, sean quienes sean! —dijo Spence con determinación—. Deben haberse equivocado de sitio. Aquí es donde yo vivo.

Tres de los niños más pequeños formaron un semicírculo ante Spence y le miraron como si nunca hubieran visto a un ser humano en toda su vida. Spence trató de ahuyentarlos, pero no le hicieron el menor caso. La mayor de las niñas, que aparentaba unos quince años y que se mantenía a cierta distancia, apartaba la vista cada vez que él la miraba. Un niño de unos diez años se hizo cargo de los conejos poniendo la jaula de pie y empujando a los animales hasta formar una agitada masa de piel blanca. Todos los niños, con excepción de la chica mayor, iban descalzos y con la cara sucia. La chica llevaba zapatos de tacón alto y calcetines amarillos cortos.

—Quédense ahí mismo —dijo Spence con autoridad—. ¡Que nadie de un sólo paso más!

El conductor, que había estado arrojando trastos desde el camión, se detuvo y se dirigió a Spence.

—Este es el 720 de South Maybank, ¿no? —preguntó agriamente mientras señalaba los oxidados números de hojalata situados sobre la puerta—. Es el 720, ¿no, papi?

—Lo es, pero...

—¿Entonces qué anda rezongando, papi?

—Alguien se ha equivocado en alguna parte —Spence insistió—, porque este lugar...

—¿Qué pasa con él? —dijo el conductor con impaciencia.

—Bueno, que esta gente no tiene ningún derecho a mudarse aquí.

—Será mejor que hable con ese tipo grande del mono, papi. A mí no me pagan por oír discursos.

Dos de los niños se colaron por la puerta principal y al pasar junto a Maud, esta fue soltando manotazos. Otros dos, viendo que Maud, les pegaba a los primeros, saltaron del porche y corrieron rodeando la casa hacia la parte trasera.

—Jessica —llamó la madre—, date prisa y ayuda a meter dentro estas cosas para que podamos hacer la cena.

Los ojos de la chica se encontraron con los de Spence, pero ella miró rápidamente en otra dirección. Este olvidó totalmente detener a la familia en su mudanza mientras la miraba inclinándose y recogiendo algunos cacharros. El conductor del camión le tiró a Spence de la manga.

—Papi, será mejor que se arregle con ese tipo grande —le dijo a Spence— o yo me largo sin descargar. No puedo pasarme aquí toda la noche.

Spence pasó por encima de la jaula de los conejos y se dirigió al hombre del mono.

—Tal vez no sea asunto mío —dijo Spence—, pero siento curiosidad por saber qué hacen ustedes trayendo aquí todas esas cosas.

—Soy Tom Claiborne —dijo el hombre con una sonrisa campechana. Era afable y amistoso y Spence se encontró estrechándole la mano—. Yo y mi familia nos mudamos a vivir aquí —dijo con una risita.

—Eso es lo que me pareció —dijo Spence, mientras continuaba estrechando la mano del desconocido—. Sin embargo, creo que estoy hecho un lío —Spence logró soltar la mano del apretón de Claiborne—. Aquí es donde vivimos yo y mi familia y no hay sitio suficiente para los míos y los suyos, especialmente con todo ese cargamento de críos como regalo.

—Pagué un mes de renta de la casa por adelantado —dijo Claiborne con orgullo—. Si eso no hace que un hombre se sienta como en casa no sé qué puede hacerlo.

Claiborne cargó varias cajas pesadas y se dirigió hacia la puerta. La espesa barba negra de varios días que le cubría cara y cuello le daba un aspecto imponente y poco razonable, y Spence se hizo rápidamente a un lado. Cuando llegó a la puerta, se detuvo haciéndole a Maud con la cabeza un gesto de cortesía y dándole tiempo suficiente para que se apartara, si escogía hacerlo. Maud no se movió una pulgada, así que Claiborne volvió a asentir brevemente y entró en la casa empujando a Maud para adentro.

Mientras Claiborne soltaba las cajas en medio del cuarto, Maud corrió hacia el montón de ropa del rincón. Se sentó allí con aire posesivo.

—¡Nadie va a sacarme de aquí! —dejó establecido con aire desafiante—. ¡Conozco mis derechos!

La señora Claiborne y Jessica cruzaron la estancia hacia la cocina cargadas con cajas de comida y utensilios de cocina. Maud hizo una fea mueca y les sacó la lengua.

—Me quedaré sentada aquí hasta que me muera antes de permitir que venga nadie a decirme que me vaya —le dijo a Claiborne.

—No nos molesta lo más mínimo si quiere quedarse acurrucada ahí en el rincón, señora. No habíamos pensado usar ese rincón, de todos modos. Es bienvenida mientras no se muera en él.

Dos de los niños corrían por el cuarto, saltando sobre las cajas y esquivando a su padre. Pasaron muy cerca de Maud. Aunque estaban fuera de su alcance, ella lanzó de todos modos unos cuantos manotazos a sus cabezas con la mano abierta.

—¡Voy a azotar a esos mocosos! —gritó Maud.

—Si hay que azotar a alguien aquí, señora, lo haré yo personalmente —le dijo Claiborne.

Cuando Claiborne volvió a salir al porche para meter dentro las camas, Spence se quedó observándole hasta que las colocó en las dos habitaciones. Luego cruzó la casa hasta la cocina. Jessica había encendido el fuego y la señora Claiborne puso a hervir una cazuela de guisantes. Spence se quedó mirando los preparativos para la cena tanto tiempo como pudo y luego se paseó de un lado a otro por el porche preguntándose cómo podría conseguir hacerse con algo de comida. El aroma que llegaba de la cocina era más de lo que podía soportar sin intentar conseguir algo para comer, así que volvió a la cocina y se sentó a la mesa. La señora Claiborne le miró, pero Spence no percibió en sus ojos ningún estímulo. Jessica le observaba tímidamente.

—Parece que vamos a estar un poco apretados, tanta gente en la misma casa y sin camas suficientes —dijo, mientras miraba a la señora Claiborne. Aguardó a que hiciera algún comentario, pero ella siguió preparando la comida como si no le hubiese oído—. Mi esposa se conforma con el rincón que tiene para dormir —dijo—, pero yo tendré que buscarme algo. Nunca he estado cómodo con menos que una cama.

La señora Claiborne continuó ignorándole y Spence se

repantigó en la silla y esperó. Jessica puso la mesa y depositó en el centro una jarra de un galón de melaza concentrada. Spence se inclinó hacia adelante y pasó el dedo por el borde de la boca de la jarra. Se chupó el dedo, chasqueando ruidosamente los labios. Al momento, la señora Claiborne trajo a la mesa una bandeja con pan de maíz y Spence se sirvió una gran rebanada. Se sirvió una taza de melaza y se dispuso a comer. Tom Claiborne apareció y se sentó al otro extremo de la mesa.

—¿Cuál es su nombre? —le preguntó Claiborne.

—Spence Douthit —replicó, metiéndose pan en la boca. Masticó con apetito mientras miraba a Claiborne, al otro lado de la mesa—. Si han vivido en esta parte del mundo en algún momento, quizá hayan oído hablar de mí. Casi todo el mundo de por aquí lo ha oído en un momento u otro.

—No había vivido aquí antes y nunca he oído hablar de usted —dijo Claiborne. Su esposa trajo una fuente de guisantes hervidos y la puso frente a Claiborne. Este se sirvió guisantes y pan de maíz. Los niños entraban corriendo en la cocina continuamente, apropiándose de algún trozo de pan de la mesa y escabulléndose de nuevo. Spence comía tan rápido como le era posible, intentando llenarse el estómago antes de que se acabara la comida.

—¿De dónde vienen? —preguntó.

—Tennessee.

—¿Llevan mucho aquí?

—Dos días.

—¿Dos días?

—Eso es.

—¿A qué han venido?

—A buscar trabajo.

—No hay trabajo por aquí. Están en un aprieto.

—No puede ser peor que el sitio del que venimos. Allí tampoco había trabajo.

Spence apartó su plato y se limpió la boca.

—Si no se andan con cuidado, se quedarán aquí tirados, como me pasó a mí —le dijo a Claiborne.

—No me preocupa —dijo Claiborne con una carcajada—. Ya le he puesto el ojo a un empleo.

—¿De qué tipo?

—Trabajando para la ciudad.

—¿Cuánto le va a durar un trabajo como ese?

—¿Durarme? —dijo Claiborne—. Que yo sepa, no se acaba. Ha de durar tanto como dure yo mismo o la propia ciudad.

—Parece que tiene bastante confianza en las cosas —dijo Spence, meneando la cabeza—. Yo también solía ser así cuando tenía mi empleo en la fábrica de pólvora. Pero no tardé mucho tiempo en dejar de hablar tan alto, cuando las cosas se torcieron. Si yo fuera usted, me andaría con cuidado. Aquí los empleos parecen desaparecer cuando menos lo espera uno. Si va a usar su sentido común, recójalo todo y vuelva a su casa mientras aún puede.

—No me preocupa —rió Claiborne.

—He oído a hombres más listos que yo y que usted decir exactamente lo mismo —dijo Spence—, y si me pide que se los señale tendría que cavar hasta el fondo de la pila para enseñárselos. Han caído tan bajo como pueda hacerlo alguien que camina sobre dos piernas.

—Eso podrá ser verdad con algunos tipos, pero no va conmigo. Yo puedo ganarme la vida aquí, allá o de camino al infierno y con vuelta. No me preocupa en absoluto.

—Le preocupará cuando esas niñas suyas empiecen a despendolarse por aquí —dijo Spence con aire de saberlo bien—. Entonces será cuando desee haberme hecho caso.

Claiburne rió y se repantigó en su silla. Cruzó las manos detrás de la cabeza y contempló a Spence con una sonrisa divertida en la cara.

—Y otra cosa —dijo Spence—. Todo el que se muda a Pobre Chico está dando el primer paso para irse al fondo. Yo era tan gallito como usted cuando me mudé aquí. Ahora tengo más sentido común. ¡Pero usted no!

Se dio cuenta de que Claiborne miraba hacia la puerta. Spence se volvió y vio a Floyd Sharp.

—Tienes compañía, ¿eh, Spence? —dijo Floyd—. No sabía que tenías gente de visita.

Spence se levantó y se llevó a Floyd al porche trasero.

—Todo es una confusión, Floyd —le explicó con indiferencia—. Todo estará en orden por la mañana.

Se sentaron a oscuras en los escalones. Ambos guardaron silencio durante largo rato.

—Spence —dijo Floyd con un ronco suspiro.

—¿Qué?

—Tengo que contarte algo, Spence.

—Adelante, Floyd. Sabes que puedes confiar en mí.

Spence aguardó tanto como pudo. Floyd contemplaba la oscuridad de la noche.

—¿Piensas que alguien más lo sabe, Floyd... alguien además de mí?

—No es eso —respondió Floyd—. Es otra cosa.

—¿Qué?

—Creo que perdí la cabeza hace un rato, Spence —comenzó, hablando muy despacio—. Justo después de anochecer, se me metió en la cabeza que tenía que prender fuego a todas las casas de Pobre Chico y dejarlas arder. Fui a la casa que está junto a la mía y encendí un fuego bajo el porche trasero. Luego salí corriendo entre los matojos y me escondí. En cuanto la gente descubrió que la casa estaba ardiendo corrieron afuera y empezaron a acarrear agua e intentar apagar el fuego. La mujer, la señora Williams, empezó a llorar y luego todos los niños empezaron berrear. Desde donde estaba, podía oír todo lo que decían y cuando los oí llorar porque su casa estaba en llamas no pude soportarlo más. Salí corriendo y empecé a pisar el fuego y a ayudar a echar agua hasta que se apagó. Sencillamente, no pude soportar ver a gente pobre como la señora Williams perder su casa y todo lo que tienen. Por eso apagué el fuego. Después de eso ya no pude prender fuego en ninguna casa más. Simplemente, no estaría bien, Spence.

Hubo en el porche un silencio de varios minutos. Spence podía ver a Floyd mirando el resplandor de luz que se reflejaba contra las nubes que cubrían la ciudad.

—Me alegro mucho de que no prendieras fuego a esta casa, Floyd —dijo, suspirando con alivio—. No es gran cosa, pero es el único sitio que tenemos para quedarnos Maud y yo antes de que nos vayamos.

Floyd asintió, pero no hizo ningún comentario.

—Yo no me preocuparía más de ello, Floyd —dijo Spence—. La casa no se quemó —le dio a Floyd una palmada en la rodilla—. Vete a casa y duerme un poco.

—No —dijo Floyd firmemente—. No puedo hacerlo. No podría dormir, aunque lo intentara. Tengo que hacer algo con esas niñas mías.

—¿Qué puedes hacer, Floyd? Empezaste a quemar Pobre Chico, pero cambiaste de opinión. ¿Qué más queda por hacer?

—Sólo hay una cosa, Spence —dijo—. Es ir a la policía y contarles lo de Bubber. Si se lo cuento, será la mejor oportunidad que tenga de explicar por qué lo hice. Ya lo tengo todo pensado. Tiene que funcionar. No es un salto al vacío. Alguien me escuchará. Alguien comprenderá por qué tuve que matarle. Simplemente, no podía vivir viendo a mis niñas crecer en Pobre Chico. Sé lo que me hago. Me mandarán a la sombra una temporada, pero pondrán a mis niñas en una casa y cuidarán de ellas. Es lo que hay que hacer, Spence. Si no hubiera matado a Bubber, no andaría tan vivo para intentar hacer algo que ayudara a mis niñas. Ahora tengo una buena razón. No soporto la idea de coger a todas esas pequeñas y llevarlas al canal y arrojarlas a él como dije que haría. Eso no estaría bien, Spence. Simplemente, no estaría bien.

—Todo eso me hace sentir culpable, en primer lugar por haber traído a Bubber aquí —dijo Spence—. Si no hubiera hecho eso, tú no le hubieras matado y ahora no estarías hablando de entregarte a la justicia.

—Te equivocas totalmente —dijo Floyd categóricamente—. Es lo mejor que pudo haber pasado. Ahora intentaré hacer algo por todas esas niñas mías. Ya no tendré que sentarme a ver un día y otro cómo viven de los hombres que cazan.

—Lo que dices no es algo fácil de hacer —le dijo Spence—. Entregarse por un asesinato es lo más duro que hay.

—Será muchísimo más fácil que seguir viviendo como lo hacía. Son las dos cosas más duras que un hombre ha de afrontar, al final. Además es el camino que quiero seguir. Cuando un hombre cree que debe hacer algo, seguir adelante y hacerlo es lo que más le hace sentirse un hombre.

Floyd se puso en pie. Miró las luces sobre la ciudad durante un momento y luego, sin una palabra para Spence, bajó la escalera y desapareció en la oscuridad. Spence se puso en pie de un salto y le llamó varias veces, pero no hubo respuesta. Floyd se había ido.

La casa estaba a oscuras cuando Spence abrió la puerta mosquitera y entró dentro. Recorrió la casa, tratando de orientarse entre el mobiliario extraño, hasta que se convenció de que todo el mundo se había ido a la cama. No había visto a Maud desde el anochecer y buscó el montón de ropa del rincón y lo tanteó con el pie para ver si estaba allí. Apenas lo tocó cuando notó un punzante golpe en la pierna.

—¡Eh, no soy uno de esos críos, Maud! —dijo, irritado.

Maud se giró sin una palabra y volvió a dormirse, y Spence vagó por la casa en busca de una cama en la que dormir. En alguna parte del cuarto de al lado, sus manos tocaron el pie de una cama y de inmediato gateó sobre unas piernas huesudas y se acostó. Desde el otro lado de la cama llegaban unos profundos ronquidos, así que nadie se había despertado. Spence se quitó la camisa y los zapatos y se sacó los pantalones. Luego se estiró cómodamente. Después de intentar dormir en el suelo de cemento de la tienda la noche anterior, la cama parecía más blanda que ninguna que hubiera conocido antes. Mientras cerraba los ojos, se dijo a sí mismo que se alegraba de que Claiborne se hubiera mudado y traído las camas.

Ya estaba casi dormido cuando una mano le tocó en la oscuridad. La mano descansó tranquilamente sobre su hombro durante un rato, pero enseguida empezó a moverse sobre su peludo pecho. Le hacía cosquillas y Spence se retorció incómodo.

—¡Tom! —la voz asustada de la señora Claiborne, en un tono agudo, resonó en los oídos de Spence—. ¡Tom! ¡Hay alguien en la cama con nosotros! ¡Creo que es ese hombre!

Spence se quedó lo más quieto que pudo, conteniendo el aliento de cuando en cuando y confiando en que la señora Claiborne se hubiera olvidado de él y vuelto a dormirse. Sin embargo, los mismos dedos que le hacían cosquillas volvieron a tocarle. Spence apartó la mano de un manotazo.

—¡Tom! —llamó ella con un ronco susurro—. ¡Despierta, Tom!

Spence oyó cómo los muelles rechinaban mientras la señora Claiborne sacudía a su marido.

—¡Chsss! —dijo Spence en voz baja.

—¿Qué? —preguntó ella con voz temblorosa.

—¡Chsss! —repitió él.

—¡Tom! —llamó ella en voz alta—. ¡Despierta, Tom!

Claiborne se echó de espaldas.

—¿Qué quieres? —preguntó, adormilado.

—¡Tom, ese hombre está en la cama con nosotros!

—¿Cómo lo sabes?

—¡Lo he tocado!

—Bah, vuelve a dormirte. Estás soñando. No se metería en la cama.

La señora Claiborne sacudió a su marido con fuerza varias veces, pero este no le prestó atención y un rato después estaba roncando de nuevo. Spence cerró los ojos y estiró los pies hasta que tocó el tablero.

De pronto la señora Claiborne saltó de la cama, tirando la sábana al suelo, y empezó a sacudir el tablero.

—¡Tom Claiborne, no pienso dormir en una cama con ese hombre! —dijo.

—¡Chsss! —dijo Spence, adormilado—. ¡Chsss!

La señora Claiborne le agarró firmemente por el brazo y empezó a tirar de él. Spence trató de eludir sus manos en cuanto se libró de ella la primera vez, pero la mujer volvió a encontrarle y le dio un doloroso tirón en el brazo. Él se sentó en la cama y apuntaló los pies contra el tablero, pero ella era demasiado fuerte para él. Un momento después se encontró tumbado sobre el suelo de madera.

Mientras buscaba su ropa en la oscuridad, oyó que ella volvía a arrastrarse sobre la cama. Finalmente se rindió y se puso a buscar otra cama. La primera que tocó estaba llena con tres o cuatro niños, pero estaba demasiado cansado y soñoliento para buscar más. Se tendió a lo ancho a sus pies. Al momento,

uno de los niños empezó a patearlo y cuando un talón le gol-
péo con contundencia en la mandíbula se levantó y fue tambaleándose en la oscuridad en busca de otra cama. Cuando encontró una, se echó en ella y enseguida se quedó profundamente
dormido.

CAPÍTULO 16

En algún momento de la noche, Spence se despertó temblando de frío. La tormenta había refrescado el ambiente y un viento frío procedente del Golfo de México silbaba a través de los herrumbrosos postigos. Spence permaneció medio despierto abrazándose las rodillas contra el estómago en busca de calor y preguntándose dónde estarían sus pantalones. Sabía que estaría mucho más caliente con la ropa puesta, pero tenía demasiado sueño como para levantarse a buscarla en la oscuridad. Cuando ya no pudo soportar más el frío, palpó en la cama en busca de una colcha. Había varios niños de diversos tamaños durmiendo en la cama y todos estaban arracimados bajo un sólo cobertor. Spence levantó la punta de la colcha y se arrastró debajo. Varios niños patearon y se agitaron cuando los golpeó levemente con los codos moviéndoles de sus cálidos espacios, pero no hizo caso de sus protestas. Se escurrió hacia la cabecera de la cama hasta encontrar una almohada, arrebatándosela rápidamente a uno de los niños. Luego se quedó adormilado mientras se dejaba inundar de la calidez de los cuerpos echados a su lado. Al rato estaba calentito y, con eso, ya no había ningún problema para volver a quedarse dormido.

La primera pálida luz del amanecer, proyectando un resplandor grisáceo sobre la habitación, le despertó. Permaneció echado mirando las gordas moscas negras que aún dormían en el techo, sintiéndose caliente y contento. Se sintió en paz con el mundo hasta que uno de los niños Claiborne, que había sido empujado hasta el borde de la cama durante la noche, se arrastró bajo la colcha y se abrazó a él. Las manos y los pies del niño estaban helados y cuando trató de calentárselos frotando el cuerpo contra el estómago de Spence, este golpeó al niño tan fuerte como pudo con ambas rodillas y le empujó bajo la colcha hasta los pies de la cama. El tembloroso niño lloriqueó hasta que, finalmente, volvió a dormirse.

Spence se volvió de lado, diciéndose lo afortunado que era de tener una cama cálida para dormir en medio de una noche tan fría. Abrió los ojos un momento. Asombrado de lo que había visto, volvió a abrirlos. Estaba cara a cara con Jessica. Echó la cabeza atrás y la contempló. Los ojos de la chica estaban abiertos y llenos de miedo.

—¡Que me aspen si no eres tú! —dijo Spence sorprendido. Se apoyó en un codo y sonrió a la cara de la temblorosa muchacha. Mantuvo la sonrisa durante varios momentos mientras frotaba los dedos de sus pies fríos contra las cálidas piernas de ella—. Que me aspen si no ha sido la noche que más a gusto he dormido de toda mi vida —le dijo, estirándose cómodamente junto a ella una vez más—. He estado tan calentito y cómodo como una chinche en una alfombra desde que me metí bajo la colcha anoche, pero si hubiera sabido que eras tú me habría sentido como un conejo que se pilla las pelotas en una máquina de coser —Spence se acurrucó contra ella—. Así que, cuando llegue la noche...

Jessica empezó a apartarse al otro lado de la cama y Spence se incorporó y tiró de ella con rudeza hacia él. Ella no emitió ninguna protesta, pero enseguida empezó de nuevo a apartarse de él. Él le echó un brazo alrededor, encerrándola muy cerca de él, apretándola posesivamente.

En ese preciso momento oyó que se abría la puerta del dormitorio, pero pensó que era simplemente uno de los niños

Claiborne y ni siquiera se molestó en mirar. En el silencio de la habitación, sin embargo, oyó el inconfundible sonido de alguien caminando pesadamente hacia la cama, y de pronto se encontró mirando con los ojos vacíos el rostro gélido e implacable de la señora Jouett. Spence guiñó los ojos varias veces; entonces, comprendiendo del todo que efectivamente estaba allí, con un rápido movimiento de brazos se echó la colcha sobre la cabeza y trató de desaparecer de su vista. Al momento, la señora Jouett le destapó. El cuerpo de Spence temblaba de pies a cabeza.

—¡Señor Douthit! —dijo secamente la señora Jouett con voz autoritaria.

—¿Señora? —replicó dócilmente, apartando los ojos.

—Señor Douthit, ¿qué demonios está usted haciendo?

—Sólo lo que usted ve, señora.

—Debería avergonzarse de sí mismo... tratar de esconderse de mí de ese modo.

—Sí, señora.

—¿Quién es toda esta gente?

—Son una especie de visita, señora. Son los Claiborne, ese es su nombre. No tenían dónde quedarse y todo resultaba más fácil, puesto que traían camas. Yo vendí todos mis muebles a Floyd Sharp porque estaba preparándome para marcharme...

—¿Quién es esta muchacha... una Claiborne, también?

—Eso creo, señora. Venía con los demás cuando se mudaron anoche.

Jim Howard entró en el cuarto, se detuvo junto a la señora Jouett y contempló a Spence con curiosidad. Spence le miró suplicante.

—Jim, muchacho —dijo, excitado—. Estoy contentísimo de ver una cara familiar en un momento como este. Explícale a esta señora lo difícil que es encontrar una cama a veces, especialmente cuando hace frío como ahora —empezó a asentir con· rápidos movimientos, aguardando lleno de esperanza a que Jim Howard hablara por él—. ¡Explícaselo, Jim, muchacho!

La señora Jouett se volvió abruptamente y fue al centro del cuarto para inspeccionar las formas de los Claibornes dormidos en las otras dos camas. Sobre el áspero ronquido de Tom Claiborne, Spence podía oír pasos y voces excitadas en el cuarto de al lado. La estridente voz de Maud protestando llenaba la casa.

—Será mejor que salga de esa cama —dijo Jim Howard con tono de urgencia, vigilando a la señora Jouett.

Asintiendo obedientemente, Spence hizo lo que le decían. Saltó por encima del pie de la cama y buscó sus pantalones por el suelo. Mientras se los ponía, la señora Jouett volvió junto a la cama y miró severamente a Jessica.

—Deberías avergonzarte de ti misma —dijo acusadoramente—. ¿Dónde están tus padres?

Jessica se encogió. Empezó a sollozar.

—No es culpa suya, señora —dijo Spence, defendiéndola—. La chica no ha hecho nada por lo que haya que regañarla. Puedo mirarla fijamente a los ojos y decirlo.

—¡Quédese donde está, señor Douthit! —dijo la señora Jouett, lanzándole una áspera mirada—. Ya ha causado usted suficientes problemas —se volvió y salió del cuarto a grandes zancadas.

—¿Qué es todo este follón, Jim, muchacho? —le preguntó Spence. En su frente se dibujó una arruga de preocupación—. ¿Por qué ha venido todo el mundo aquí tan temprano y dando órdenes a la gente de este modo?

—Nos vamos, papá —replicó Jim—. Todos.

—Pero yo pensé que tú y Libby os habíais casado y os habíais marchado ya. ¿No fue eso lo que dijiste la última vez que estuviste aquí?

—Libby y yo no podíamos marcharnos y dejarles aquí, en este agujero de ratas, papá —dijo bondadosamente—. Estuve pensándolo durante las últimas semanas y simplemente no me pareció bien marcharnos y dejarles en un lío como este. Anoche oí que Floyd Sharp fue a la policía y confesó que había matado a un hombre aquí en Pobre Chico y arrojado su cuerpo al canal. Tan pronto como me enteré, supe que tenía que hacer algo con ustedes, porque, si nadie se los llevaba, más pronto o más tarde se metería usted también en algún lío parecido.

—¿Dijo Floyd que había matado a un hombre? —preguntó Spence—. ¿Lo dijo él mismo, estás seguro?

—Sí.

—¡Un gran día! —dijo Spence—. ¿Qué crees que le harán por eso?

—Le mandarán a la silla, probablemente —dijo Jim Howard.

—Bueno, debe de haber tenido una buena razón —dijo Spence—. Floyd no es el tipo de hombre que mata a alguien a menos que tenga una poderosa razón para ello.

Jim Howard cogió a Spence del brazo y le condujo hacia la puerta.

—Apresúrese y prepárese para partir —le dijo—. Cogemos el autobús de las siete. No tenemos mucho tiempo.

Fueron al cuarto de al lado, donde Libby y la señorita Saunders estaban ayudando a Maud a vestirse mientras la señora Jouett, con los brazos en jarras, aguardaba impaciente.

—Pero ¿qué pasa con Mavis? —preguntó Spence—. No estaría bien marcharnos y dejarla aquí sola.

Jim Howard miró a la señora Jouett.

—Quiere saber por qué Mavis no viene también, señora Jouett.

—Tengo derecho a llevármela a casa —afirmó Spence con énfasis—. Es mi hija y no daré un paso sin ella.

La señora Jouett vigilaba mientras Libby y la señorita Saunders le ponían a Maud el vestido por encima de la cabeza.

—Mavis se queda, señor Douthit —dijo—. Lo siento, pero ella no puede irse con ustedes.

Spence corrió hacia la señorita Saunders.

—¡Señorita, dígale a esa señora que queremos que Mavis vuelva con nosotros a Beaseley County! —se volvió y pinchó a Maud con el dedo—. ¿Verdad, Maud? ¿No es así? ¿No queremos que venga también Mavis?

—Me temo que es imposible, señor Douthit —dijo la señorita Saunders solemnemente. Meneó lentamente la cabeza.

—¿Y eso por qué? ¿No ha estado diciéndome todo este tiempo que quería que me llevara a Mavis a casa? ¿No irá a mentir sobre eso, verdad?

—No, señor Douthit. Le estoy diciendo la verdad. Ayer por la tarde Mavis fue puesta al cuidado del Hogar para Chicas Descarriadas.

Spence miró a la señorita Saunders con perplejidad. En su desesperación, se volvió a Jim Howard.

—No están diciendo la verdad, ¿a que no, Jim, muchacho?

Jim Howard asintió.

—Es verdad, papá. Hasta la última palabra.

Spence estaba aturdido. Finalmente, apeló a Maud.

—¿Has oído eso, Maud? —dando media vuelta, se encaró con la señorita Saunders—. ¡Eso no es justo, señorita! ¡Usted me dijo que si me llevaba a Mavis de vuelta a Beaseley County no la enviaría al Hogar! ¿No dijo eso? ¡Lo dijo!

—Pero no se la llevó, señor Douthit. Esperamos día tras día a que usted hiciera algo, pero no hizo nada. Anoche fue arrestada, junto a una muchacha amiga suya, en un hotel. Después de eso, ya no tuvimos otra opción. La policía la condujo ante el tribunal de menores. Le hemos dado todas las oportunidades para que se la llevara. Lo lamento.

—¿Por cuánto tiempo? ¿Cuando saldrá? —preguntó Spence—. ¡Pienso sentarme aquí y no moverme ni una pulgada hasta que la dejen libre!

—Mavis tiene ahora trece años. Eso significa que estará en casa en cinco años, señor Douthit.

—¿Cinco años?

La señorita Saunders y la señora Jouett asintieron cuando él miró primero a una y luego a la otra con ojos interrogantes. Lentamente, Spence retrocedió hasta la pared. Permaneció allí mientras todas las caras de la estancia flotaban confusamente ante sus ojos.

—Voy a echar de menos a Mavis durante cinco largos años —oyó que decía Maud con una voz que parecía venir de muy lejos—. Ojalá pudiera estar más cerca del Hogar para poder visitarla los domingos. Eso sería realmente estupendo. Siempre he querido conocer a alguien que estuviera en un hogar, para así tener un lugar al que ir de visita los domingos.

Spence se abrió paso hasta el porche delantero, no queriendo oír nada más.

Dos de los niños Claiborne entraron corriendo en el cuarto. Cuando trataron de esquivar a Maud, ella se abalanzó de pronto y le asestó un manotazo en la oreja al más cercano con todas sus fuerzas. Los niños, chillando a voz en grito, retrocedieron a toda prisa hacia el dormitorio. La señora Jouett cogió bruscamente a Maud por el brazo y le dio un empujón que la envió tropezando hacia las escaleras. En cuanto recobró la compostura, Maud corrió otra vez hacia el rincón en el que había estado durmiendo y cogió su bolso marrón de piel de cocodrilo. Luego se encaminó altivamente hacia el porche.

Spence permanecía apoyado contra uno de los postes del

tejadillo y miraba con nostalgia hacia las orillas del canal y la hilera de árboles que jalonaban la calle. Pensando que no había nadie cerca, alzó la mano y se secó las lágrimas que habían empezado a llenar sus ojos. Oyó voces y pasos tras él y rápidamente se metió las manos en los bolsillos.

Tom Claiborne, con ojos hoscos y cargados de sueño, corrió al porche. Maud, apretando con fuerza los labios, permaneció en su sitio. Los dos niños Claiborne la señalaban con el dedo.

—¡Fue ella, papi! —chillaban—. ¡Fue ella!

—¡Cerrad vuestra sucia boca! —gritó Maud, inclinándose hacia ellos.

La señorita Saunders y Libby la cogieron antes de que pudiera volver a golpear a los niños.

—¡Claro que he sido yo! —le gritó Maud a Claiborne—. ¡Y volvería a pegar a cada uno de esos mocosos si tuviera tiempo!

Mientras todos estaban mirando a Maud y a Claiborne, Spence saltó a la calle y recogió rápidamente un puñado de suaves guijarros redondos que la lluvia que caía del tejado había pulido. Se metió las piedras en el bolsillo antes de que nadie se diera cuenta de lo que hacía. Necesitaba tener algo que poder tocar y mirar como recuerdo.

La señora Jouett permanecía de pie entre Maud y Claiborne, tratando frenéticamente de separarlos.

—¡Oigan ustedes! —decía con desesperación—. ¡Harían perder la paciencia a un santo! ¡Tan pronto como conseguimos sacar a una familia de la ciudad, se muda otra! ¿De dónde demonios salen ustedes?

—No creo que eso sea justo, señora Jouett —dijo Jim Howard, meneando la cabeza con determinación. Rodeó a Libby con sus brazos y la estrechó contra su cuerpo—. No es culpa nuestra que todo se haya complicado aquí abajo. La gente de fuera como nosotros es tan buena como la gente de cualquier otra parte del mundo. Si quiere hacer lo correcto, debería echar la culpa a Pobre Chico, porque es Pobre Chico el que origina todo el conflicto. Las mejores personas de la tierra se volverían mezquinas y malas si tuvieran que vivir en un lugar como este. Por eso deberían extirpar Pobre Chico de la ciudad en vez de echar a la gente.

La señora Jouett, con la boca abierta, miró a Jim Howard durante un largo rato. Luego, con un gesto de la mano, encaminó a todo el mundo hacia el enorme sedán negro que estaba esperando frente a la casa. A medio camino, Maud se volvió y le dedicó una fea mueca a Claiborne, que permanecía de pie en la puerta.

—¡Espero que esos Claiborne les ocurran las mismas cosas que nos han pasado a nosotros, las mismas! —gritó con voz lo bastante alta para asegurarse de que Tom Claiborne la oía.

Libby y la señorita Saunders, agarrándola cada una de un brazo, se apresuraron a meterla en el coche.

Spence esperó a que Maud entrase y luego se sentó junto a ella en el asiento trasero. Los demás se montaron y cerraron las portezuelas. Mientras el coche echaba a rodar calle abajo, Spence se asomó a la ventanilla para mirar por última vez la casa y las orillas llenas de matojos del canal.

Inclinándose hacia Maud, le susurró en voz baja:

—Jim Howard es verdaderamente un hallazgo para nosotros, Maud —dijo—. Fue una suerte de verdad que diera con Libby de ese modo. Y además fue de una gran previsión por mi parte no molestarle cuando le cogí en la cama con Libby. Cuando ya hayamos estado un tiempo en Beaseley County y hayamos visitado a la familia y a los vecinos, voy a ir a ver a Jim Howard y decirle que me preste algo de dinero para que tú y yo podamos volver aquí. Creo que ya me he hecho a Pobre Chico y mucho me temo que me entrará la añoranza allá en Beaseley County si tengo que pasarme allí mucho tiempo.

Maud vio que una amplia sonrisa se dibujaba en su cara.

—Así es, Maud —asintió con convencimiento—. Sencillamente, no se puede arrancar las raíces de un hombre y mandarle a diferentes lugares del mundo y esperar que se muestre satisfecho durante el resto de su vida.

TÍTULOS PUBLICADOS
EN LA COLECCIÓN *REENCUENTROS*

TÍTULOS PUBLICADOS EN LA COLECCIÓN
BREVES REENCUENTROS

1. Francis Scott Fitzgerald
   Un diamante tan grande como el Ritz
2. Saki
   Reginald
3. Edgar Allan Poe
   Los cuentos indispensables
4. Federico García Lorca
   Una antología poética
5. Bret Harte
   Cuentos californianos
6. Rubén Darío
   Quince cuentos fantásticos
7. Saki
   Reginald en Rusia
8. Stephen Crane
   El hotel azul
9. Saki
   Doce cuentos impertinentes
10. Franz Kafka
    En la colonia penitenciaria
    La condena
11. Jakob Wassermann
    Golowin
12. Henry James
    Compañeros de viaje
13. Francis Scott Fitzgerald
    Tres cuentos románticos
14. Saki
    Doce cuentos desvergonzados
15. Rainer Maria Rilke
    Ewald Tragy
16. Francis Scott Fitzgerald
    El gominola / Primero de Mayo